少年陰陽師
しょうねん おんみょうじ

少年陰陽師 肆拾玖

終命之日

いつか命の終わる日が

「少年陰陽師」出場人物介紹

【京城寢宮】

脩子

內親王，曾因神詔而長住伊勢。年紀雖小，卻是個聰明的公主。

彰子

左大臣道長的大千金，擁有強大靈力，現改名為藤花，服侍脩子。

風音

道反大神的女兒。原與晴明為敵，後來成為昌浩等人的助力，現以侍女「雲居」的身分服侍脩子。

藤原敏次

比昌浩大三歲的陰陽生，是最年輕的陰陽得業生。

【冥府】

冥府官吏

守護三途川的官吏，神出鬼沒。

榎岦齋

安倍晴明的朋友，原是個陰陽師，現在替冥府官吏做事，待在夢殿。

青龍　木將，四門將之一，從很久以前就敵視紅蓮。

天空　土將，外貌是個老人，統領十二神將。

六合　沉默寡言的木將，四門將之一，非常保護風音。

天后　水將，個性溫和、身段柔軟，隨侍在晴明身旁，照料晴明。

朱雀　與紅蓮同為火將，是天一的戀人。

太裳　土將，個性沉穩，昌浩小的時候，隨侍在成親身旁。

天一　心地善良的土將，朱雀稱她為「天貴」。

白虎　風將，體格魁梧壯碩，有時會採取肉搏戰。

【安倍家】

安倍昌浩

十八歲的半吊子陰陽師。
擁有強大靈力，陰陽師的才能在安倍家也是出類拔萃。
最討厭的話是「那個晴明的孫子!?」

安倍晴明（爺爺）

絕代大陰陽師，是昌浩的祖父。
身上流著天狐的血。
有時會使用離魂術，以二十多歲的模樣出現。

吉昌

昌浩等人的父親，天文博士。

成親

昌浩的大哥，是陰陽博士。
與妻子篤子之間有三個孩子。

露樹

疼愛昌浩等孩子的母親。

昌親

昌浩的二哥，是陰陽寮的天文得業生。

【十二神將】

紅蓮

十二神將中最強、最兇悍的鬥將，又名騰蛇。會變成「小怪」的模樣，跟在昌浩身邊。

小怪（怪物）

昌浩的最佳搭檔，長相可愛，嘴巴卻很毒，態度也很高傲，面臨危機時會展露神將本色。

勾陣

土將，四鬥將之一，通天力量僅次於紅蓮。

太陰

風將，外貌是約六歲的小女孩，但個性、嘴巴都很好強。

玄武

水將，與太陰同樣是小孩子的外貌，但冷靜沉著。

就是想那麼做

◇　◇　◇

時間過得特別慢。

他一次又一次確認太陽的高度，每次都發現位置沒什麼改變。

「快點移動啊……」

太陽快點下山，響起工作結束的鐘聲，他就可以頭也不回地衝出皇宮，跑回家去。

不對，等等。

離收工回家還有很長一段時間，也有可能在這其間出生。不是有可能，是非常有可能。

「唔唔唔………」

少年眉頭深鎖低聲沉吟，有道一般人感覺不出來的神氣在他背後降落。

他察覺了，但為了避人耳目，他沒有回頭。

『辛苦了，工作順利嗎？』

爽朗的聲音直接在耳中響起。

他抱著文件站起來，悄悄開口說：

「你想會順利嗎？」

聽見多少帶點焦躁的聲音，太裳沉穩地回應。
『平常心很重要。』
「我知道，可是今天就是沒辦法保持平常心。」
他抱著文件走向書庫，拉長了臉。
不是生氣，是擔心。
『成親，如果連你都不能保持平常心，我們也會被你的不安感染。』
安倍成親眨眨眼睛，停下腳步。
「神將也會不安嗎？」
陷入短暫的沉默。
『我們跟一般人一樣有感情。』
似乎可以看到隱形的十二神將太裳浮現困惑的笑容。
成親沮喪地垂下肩膀。
「這樣啊……我家的狀況如何？」
太裳回答了成親的詢問，語氣與剛才稍微不同。
『對不起，我是從異界直接來的，沒有先去安倍家看。』
「這樣啊。」成親嘆口氣，繼續前進。
十二神將們誕生的異界，與人界彼此重疊，距離感也幾乎相同，所以，神將們會先在異界走到目的地，再降落到人界。
據成親判斷，以「降落」來形容，或許並不正確。
沒來由地，他就是認為應該是穿過門來來往往的那種感覺。
以前他和天后、天一談過這件事，結果證實他的想法也沒錯。
人類不能長時間待在異界，所以成親不曾去過那裡。
拜託神將帶他去，神將應該也會答應。可是，去了要做什麼呢？他想不出特別想做的事。
沒有目的，去了也沒有意義。
而且，據神將說，異界就是廣大遼闊，一大片荒野，草木稀疏。有些地方有綠色，但也沒有人界那麼繁茂。
去那種沒有陽光的地方，也沒什麼樂趣。
神將們選擇在異界行進，是因為那裡的建築物不像人界那麼多，所以阻礙比較少，可以直直朝最短的距離前進。
除了風將外，其他不會飛的神將都要靠自己的腳走路。既然這樣，當然是距離越短越快到達。這一點，人類或神將都一樣。
不過，神將是靠神腳走路，速度與人類相差懸殊。
小時候，他問過神將異界有多大。神將們面面相覷，為難地回答了他。

他們說：邊際和成親大人居住的世界差不多，只是沒確認過，所以不知道哪裡是邊際。

成親居住的世界應該是非常、非常大，異界一定也是天高地闊。

在那樣的地方，只有十二名同袍一起生活，感覺有點寂寞。

但是，神將們本身絲毫沒有那樣的感傷。

依然隱形的太裳，對抱著文件回想起那些事的成親沉著地說：

『你進陰陽寮三年了吧？應該很習慣了，還是決定鑽研陰陽道嗎？』

確定四下無人，成親面露窘色。

「我想這樣應該最好吧？昌親好像也比較適合天文道。」

然而，最大的問題是，自己能否勝任？

成親深深嘆了一口氣。

「要成為那個安倍晴明的接班人，可不是件容易的事……」

成親的祖父是被稱為大陰陽師的名人安倍晴明。

晴明有吉平和吉昌兩個兒子。

吉平隸屬於陰陽部，吉昌設籍於天文部。

擁有偉大父親的孩子們，都有相當的實力，但也僅止於「相當」而已。

安倍晴明這個人，在各方面都超越常人，所以，一般而言的優秀，跟晴明比起來也會變成凡夫俗子。

值得慶幸的是，兩個孩子本身並不是很在意。

不過，聽神將說，兩個孩子以前也常為這件事苦惱。

「恐怕再也不會有陰陽師比得上爺爺了。」

才十五歲的成親也知道，自己絕對超越不了安倍晴明。

因為出生以來，就跟爺爺生活在一起，經常有機會見識到爺爺的才能。

懂事後，以說是安倍家的宿命也不為過的陰陽道為志向，那樣的機會就更頻繁了。

自己試著做做看，才知道有多困難。成親七歲時深切理解到，晴明隨手放出去的式文，看起來會那麼簡單，是因為放式的人是祖父晴明。

成親和弟弟昌親，都有一定程度的才能，表現應該都不錯。

在世人眼中，都是實力過人的陰陽師。

問題在於，他們必須超越「不錯」的境界。

吉平伯父、堂兄弟們都沒有那樣的能力，父親和弟弟恐怕也做不到。

「最有可能做到的，大概就是我了。可是，做不到的事還是做不到。」

會這麼想，沒有任何根據，就是這麼覺得。而且，這個感覺應該不會錯。

當一個名義上的接班人，當然沒問題。

但是，無法成為能與祖父匹敵的接班人。

並沒有人對他說一定要有接班人，但是，看著祖父的背影、看著追隨祖父的十二神將，他就覺得一定要有接班人。

神將不會老，也幾乎不會死。這意味著他們擁有可以說是永生的歲月，而他們追隨的第一個主人，卻是生命有限的人類。

十二神將會在不遠的將來，失去第一個主人。

所謂的天命，將會奪走他們的主人。

無論安倍晴明是多麼厲害的曠世大陰陽師，都無法顛覆或抗拒這件事。

「爺爺再怎麼像怪物，終究還是人類。」

成親嘴巴這麼說，心裡卻不免懷疑是否該把祖父列入人類的範疇。

即便如此，祖父逐漸老去也是事實，生命總有一天還是會結束。

「不過，他也算活得很長了……」

年將七十的祖父還健在，身體十分硬朗。

以這個時代的平均壽命來看，算是非常長壽。

成親悄悄搜尋隱形待在他旁邊的神將的神氣。在他工作時，太裳一直靜坐在他附近。

大半時候都默不作聲，以免打攪他工作。

「你去過昌親那裡了？」

『是的，剛剛去過。看一下他的狀況，就回來了。』

「他怎麼樣？」

太裳依然隱形，但可以知道他露出了淡淡的苦笑。

『跟成親大人一樣忐忑不安呢。你們兩人何不乾脆收工回家呢？這樣繼續工作，也沒辦法專心吧？』

「我是很想回家啊……」成親停下手，皺起眉頭說：「可是，我和昌親回去也不能做什麼。」

因為生產是女人的事，男人待在那裡也幫不上忙。

對女人來說，生產是一生的大事，有時也可能因此喪命。

成親深深嘆了一口氣。

長久以來都是他跟弟弟兩兄弟，現在他們很可能增加弟弟或妹妹。

唯一擔心的是母親比較高齡，除此之外沒有其他問題。父母都喜歡小孩，他和昌親也很高興有個年紀相差很遠的弟弟。

祖父更是雀躍不已。到這個年紀還能再抱孫子，讓他笑得合不攏嘴。

昨天很晚的時候才開始陣痛，父親和祖父恐怕都是一夜未眠。父親和母親很

恩愛，所以更是擔心。

成親和昌親也擔心母親，但神將嚴令小孩子都要去睡覺。

家裡嘈雜紛亂，所以成親昨晚是睡在離產房比較遠的昌親房間。

即使這樣還是輾轉難眠，於是他起床占卜是弟弟還是妹妹，結果顯示可能是弟弟。

本來還想接著占卜是否母子均安，但兩兄弟默默相對而視，兩人都沒說什麼，就此打住了。

會想知道結果，是因為希望平安無事。然而，占卜的結果未必盡如人願。說白了，是想到可能會出現與願望不同的結果，所以害怕不敢占卜。

自己和昌親都出乎意料的膽小。

他們不再想知道結果，轉而向神祈禱。打從出生以來，他們從來沒有這麼虔誠地祈禱過。

說到祈禱，祖父和父親從昨晚就一直在祈禱，所以，或許不需要他們的祈禱了。他們這麼做，只是想取得心靈上的慰藉。

但是，看到臉上還帶著稚氣的小自己兩歲的弟弟，雙手合十的虔誠模樣，成親也忍不住全心全意向八百萬神、佛、以及想得到的所有大陸之神祈禱。

『聽說你昨晚很晚才睡，是睡不著嗎？』

太裳一直待在異界，所以只是聽天一和天后說開始陣痛了。聽到回來交接的兩人向同袍報告的內容，太裳擔心成親兩兄弟就來了。

原來是擔心我們兩兄弟才來的啊？

恍然大悟的成親眨了眨眼睛。

太裳從來不會自己說出話題的核心，所以要花些時間才能了解他的意圖。

「還是有睡啦，只是比平常晚一點。天后還幫我們做了飯，所以飯也都吃了。」

女幫手是最強的助力。

忽然，太裳動了一下。

「太裳？」

太裳的聲音直接傳入了詫異的成親的耳裡。

『好像生了。』

成親張大了眼睛。

『不過……嚴重難產。』

不由得欠身而起的成親大叫起來。

「什麼?!那麼，母親……」

吹起了風，是帶著神氣的風。應該是十二神將白虎的風，太陰的風不會如此平穩。

成親站起來，轉身離開，太裳默默跟在他後面。
他是要去弟弟所在的天文部。

接到晴明通知的吉平，做了妥善安排，讓成親和昌親提早收工回家。
出來迎接他們的天一，眼神顯露不安。
「吉昌大人和晴明大人一直在做痊癒復元的祈禱，可是……」
如天后所說，家裡飄蕩著低聲的祝詞。
兄弟倆都表情僵硬地望向母親所在的地方。
昌親先想到了一件事。
「咦，嬰兒呢？在母親那裡嗎？」
「不是。」
天一搖搖頭。朱雀和玄武在她旁邊現身，朱雀開口說：
「嬰兒在晴明的房間。」
「哦，是天后在照顧他嗎？」
昌親提起了不在這裡的神將的名字。表情向來不太有變化的玄武，露出困窘的神色，皺起了眉頭。
「不……不是天后。」

「不是天后？總不會是太陰吧？」

「也不是。」朱雀否定了成親的話。

兄弟兩都露出詫異的表情。

「呃……那麼就是勾陣囉？」

「也不是。」天一搖搖頭。

兄弟倆面面相覷。

「是六合或白虎嗎？」

「不可能是太裳啊……因為他就在這裡。」

隱形的太裳的神氣，從陰陽寮到現在都陪在他們附近。

也不可能是青龍吧？那傢伙不適合照顧小孩子。

「六合、白虎都不在安倍家。」朱雀冷靜地回答。

成親眨眨眼說：

「那麼……是連我們都沒見過的天空來安倍家了？」

這可是大事呢。但是，為什麼會輪到天空來照顧小孩子呢？

「爺爺選擇了重量級的人選呢……」

昌親感嘆不已，成親冷靜地對他說：

「天空是神將，所以應該說是神選吧？」

「大哥，你是雞蛋裡挑骨頭。」

「才不是呢，這種事就是要分清楚……」

見到從小就混得很熟的神將們，兩兄弟的心情比較穩定了。三名神將的表情都很複雜，彼此交換視線。

昌親發覺他們好像有什麼事不敢明說。

「天一、朱雀、玄武，你們怎麼了？是不是有什麼事……」

眼神飄忽了好一會的天一，終於下定決心開口了。

「其實是……」

瞬間，成親和昌親都覺得有股寒意湧現心頭。

因為被神將們包圍，所以慢了幾拍才察覺那股寒意。但也可能不是慢了幾拍，而是那股寒意原本被擔心他們的天一等神將阻斷了。

臉色瞬間發白的成親，語氣僵硬地低喃：

「喂，等等……」

大驚失色的昌親，呼吸急促地接著說：

「在爺爺房間照顧小孩的神將，總不會是……」

昌親沒有繼續往下說。

神將們都沉默不語。在這種狀態下，沉默就代表肯定。

才剛猜到是誰，成親和昌親就感覺到刺人的恐怖神氣。
臉色發白的成親，很快豎起眉毛，揪住比自己高很多的朱雀。
「怎麼可以讓那傢伙待在嬰兒旁邊！萬一發生什麼事，你們幾個要怎麼負責?!」
朱雀可以理解成親激動的心情，所以任憑他揪住自己。
昌親沒有哥哥那麼激動，但也難得表現出他的憤怒。
「天一、玄武，為什麼會這樣？一定有什麼理由吧？」
溫柔的臉上帶著憂鬱的天一，和表情成熟卻長得像小孩子的玄武，都點頭表示同意。
開口說話的是玄武。
「我們也跟你們一樣，都百思不解，但是……」
天一接續同袍的話說：
「晴明大人命令其他神將都在一旁待命……」
成親鬆開了揪住朱雀胸口的手。有火焰般的頭髮、身材高大的朱雀，對目瞪口呆的成親默然點頭。
「我、六合、白虎都反對，可是晴明堅持不肯讓步。」
「無論如何，」搖著頭的昌親，眼眸深處清楚顯露怯意，「怎麼會偏偏選中

了騰蛇呢……！」
那是十二神將中最強、最兇悍的鬥將。即使隱形，也會散發出壓倒其他神將的酷烈神氣。
而且，騰蛇現在並沒有隱形的跡象。
他明明待在最裡面的晴明的房間，神氣卻遠遠傳到這裡，可見他是在沒有壓抑神氣的狀態下現身。
一直隱形的太裳現身了。
「天一、朱雀、玄武，天空翁也知道這件事嗎？」
三名神將都點頭了。
「起初他也面有難色，但畢竟是主人的命令……」
太裳回望仰視著自己的淡色眼眸，嘆了一口氣。
「是嗎……總之，我先回去天空翁那裡。」
連向來溫厚的太裳，臉上都帶著厲色。
玄武拉住了這樣的太裳的衣袖。
「太裳啊。」
「怎麼了？玄武。」
小孩子模樣的玄武，仰頭看著疑惑的同袍，淡淡地說：

「其實太陰剛剛還待在這裡，騰蛇一出現就不見了。現在白虎和六合去找她，到現在都還沒回來。」

「咦……」

太裳驚訝地張大了眼睛，朱雀嘆著氣說：

「我可以理解她的心情，可是……幸好還有天后陪在露樹身旁，青龍也在騰蛇出現時回異界了。」

大家都知道騰蛇與青龍之間有芥蒂。

「有白虎和六合在，就不必擔心太陰了吧？我想她應該不會在事後拿你出氣了，如果你還是擔心，要不要回天空翁那裡？」

玄武眨了眨眼睛，點個頭，嘆口氣說：

「反正我待在這裡也幫不上忙，就暫時跟太裳去天空翁那裡吧。」

玄武自知很可能成為太陰的出氣筒。自己有錯時也就算了，自己沒錯時實在很難忍受被當成出氣筒。

「那麼，」玄武向太裳點個頭，轉身對成親和昌親說：「是個男孩喔，所以是成親的第二個弟弟、昌親的第一個弟弟。」

「弟弟……」

兄弟倆知道昨晚的占卜真的準了。

太裳和玄武一隱形，神氣就完全消失了，從人界回到了異界。

紅蓮陪在睡得香甜的嬰兒旁邊，聽到西棟傳來的說話聲，皺起了眉頭。聽不見談話內容，但聽得出是誰的聲音。

「成親和昌親回來了啊……」

喃喃低語的紅蓮，往那個方向望去。

晴明的房間在東側的最裡面，是離全家人出入的門最遠的地方。在這裡都聽得見，可見是很大聲在說話。

金色雙眸朝向了嬰兒。他很擔心那麼吵會把嬰兒吵醒，沒想到嬰兒的鼾聲還是那麼安詳。

原本怕嬰兒被包得太緊會不舒服，紅蓮就把他的小手拿出來，後來又輕輕塞回去，嘆了一口氣。

這是紅蓮第一次盯著嬰兒看。

他即使隱形，神氣也會驚嚇到小孩子。為了避免這種事發生，他向來是處心積慮地遠離小孩子。

十二神將的主人安倍晴明，久久才召喚他一次。他下來人界一看，眼前的老人抱著一團布。

他馬上就知道老人手中的東西是什麼。

「晴明，你的皺紋增加了不少呢……」

怕吵醒嬰兒，他喃喃低語，盡可能壓低嗓門。

最近有段時間沒見到晴明了。自從吉昌的第二個兒子出生後，只要沒什麼大事，紅蓮都待在異界。

因為「心」總是向著晴明，所以可以聽到晴明的聲音。從聲音可以大約知道晴明好不好、累不累、是不是沮喪、有沒有心事。

人類的心很微妙，非常複雜，所以紅蓮只能粗略了解。想知道得更詳細，就要直接看晴明的臉、眼眸的反應。

但是，這些事同袍都會做，紅蓮不必做。

騰蛇是十二神將中最強的一個，通常在戰爭的場合才會被召喚。晴明需要的是他最強的通天力量，只要遵循這個原則就對了。

然而，主人不知道為什麼，每次有小孩誕生就會召喚他來。

以前他沒問過晴明在想什麼，以後應該也不會問。

「你……也會老啊……」

喃喃低語的紅蓮，腦中閃過剛開始帶領他們時的年輕人的臉。

十二神將不會有改變。天空從誕生時就是老人的模樣，太陰和玄武也是維持

小孩子的模樣，不會成長。

其他同袍也一樣。死了就會變成別的模樣，但他們自己也不知道會變成什麼樣子。

人類是以嬰兒的模樣出生，然後成長為大人，再隨著歲月老去、死亡。

那是生者的哲理。凡是生為人類，就不能逃過這個命運。

然而，大陸的當權者卻因為怕死，拚了命追求長生不老的方法。

根本沒有那種方法。

「不，變成非人類就行了……」

譬如，與長命的怪物同化。或者，把靈魂移到其他的軀殼裡，就像脫掉老舊的衣服般，不斷更換其他身體，也可以成為不死之身。

姑且不論有沒有這樣的法術。

也有在死後被賦予神格的例子。變成神，或許可以說是長生不老，但成為神之前就死過一次了，而且，在心理上，人類與神之間有絕對的隔閡，所以，正確的說法應該是「重生為其他的存在」。

「可是，變成那樣，就不是你了……」

每個人都要面臨死亡。那是讓靈魂亙古巡迴的一個儀式，是必要的經過。

神將們把這樣的人類當成了主人，所以，死亡對他們來說也是切身之事。

有幾個同袍也親身體會過「失去」的意義。

晴明的臉有了歲月的痕跡，身高似乎倒縮了一些。還有，肌肉減少、皺紋增加，手指失去彈性，看起來瘦骨嶙峋。

然而，沉穩、柔和的眼眸、以及那雙手的溫度，一定不會改變。

「晴明……你哪天也會死嗎？」

年紀增長就是意味著越來越接近那個瞬間。

晴明哪天也會死吧？這是理所當然的事，現在卻在他心中烙下如此沉重晦暗的陰影。

「如果你不是人類就好了，晴明。」

這樣的話，哪天不得不面對的離別，就會是遙遠的未來，紅蓮也不會現在就如此感傷。

但是，紅蓮絕對不會對晴明本人說那種話。因為晴明出生以來，就被嘲笑是人類與變形怪之間的雜種，紅蓮了解他的心情。

他想當人類。他期望自己是人類。他希望自己是人類。

追隨他的神將，不能說出否定這個想法的話。

「盡可能活長一點吧，晴明……」

紅蓮的低喃幾乎聽不見。

熟睡的嬰兒稍微動了一下。
忽然，響起趴躂趴躂的腳步聲。
紅蓮皺起眉頭，以嚴厲的眼神移動視線。
跑過來的成親和昌親，撞見了紅蓮那樣的視線。
「唔……」
兩人的臉抽動、僵硬。
紅蓮瞞著他們，悄悄嘆了一口氣。
他們行元服之禮時，紅蓮都有躲在遠處偷看，感覺現在瞬間長大了。
昌親抓著成親的直衣下襬，臉色蒼白到毫無血色。
成親因為在弟弟面前，所以勇敢地振作起來。
「好久不見了，騰蛇。」
紅蓮默默催他往下說。他環視周遭，看到嬰兒睡在紅蓮前面的被褥上。
「啊……」
看到他的視線停留在嬰兒身上，紅蓮站起來說：
「接下來就交給你們了。」
「咦……」
「可是，聽說是爺爺命令你陪在嬰兒旁邊……」昌親戰戰兢兢地說。

紅蓮瞥他一眼，冷冷地說：

「我只是因為其他人都不見蹤影，才勉強留在這裡，總不能把昌浩一個人丟在這裡吧？」

昌親張大了眼睛，成親眨了眨眼睛。

看到他們那樣子，紅蓮露出疑惑的表情，成親開口說：

「昌浩？」

「啊，」紅蓮知道他們在想什麼，做了補充說明：「那是這孩子的名字，晴明告訴我的。」

紅蓮說完就隱形回異界了。

兩人確定他的神氣完全消失了，才急忙跑向嬰兒。

嬰兒依然發出規律的鼾聲，彷彿沒聽見剛才的談話聲。

兩人呼地鬆口氣，吐光肺裡的空氣，癱坐下來。

好久不見的騰蛇還是很可怕。

「啊，不過，我好像沒有以前那麼怕他了。」

「我也是。」昌親點點頭，忽然張大了眼睛。「哥哥……」

「嗯？」

昌親叫喚揉著肩膀的成親，驚愕地注視著嬰兒說：

「這孩子沒哭！」
「啊……！」
成親倒抽了一口氣。
騰蛇一直待在旁邊，嬰兒卻絲毫不受影響，睡得十分香甜。
兩人都注視著弟弟。
半晌後，成親感嘆地說：
「哇……太厲害了。」
「是啊……」
昌親茫然地點著頭。然後，兩人有了共同的見解。
毋庸置疑。
這孩子就是安倍晴明獨一無二的接班人。

◇　◇　◇

「彰子，可以麻煩妳一下嗎？」
抱著摺好的衣服往自己房間走的彰子，被有點煩惱的昌浩叫住了。
「嗯，可以啊，什麼事？」

縱身跳到昌浩肩上的小怪，砰砰拍著昌浩的頭說：

「他送玩具給成親的小孩，成親的夫人為了謝他，就送來了稀有的甜點和布料。」

「這種時候我該怎麼做呢……」

成親是參議的女婿。

「寫信去就好了啊……昌浩，你為什麼這麼煩惱呢？」

昌浩的表情越來越困窘了。

「信啊……對哦……信……果然是要寫信……」

「是、是啊……昌浩？」

「信啊……信……信……」

小怪從抱著頭呻吟的昌浩肩上跳下來，直立著身軀說：

「隨禮物附上的信，文章寫得太流暢華麗了。」

「要我寫信給寫出那種信的大嫂……」

昌浩最不會寫信了。

看到昌浩抱著頭呻吟的模樣，小怪與彰子面面相覷。

他們都覺得幹嘛介意成這樣呢？

抱著頭好一會的昌浩，忽然抬起頭，拍一下手說：

「對了，只要能傳達心意就行了。好，謝謝妳，彰子。」

似乎想到了好主意的昌浩，轉身跑開了。

「昌浩？」

被拋下的小怪疑惑地側著頭。

彰子眨了眨眼睛。

「我好像沒做什麼吧……」

沒做任何讓他道謝的事。

小怪抬頭看著滿臉困惑的彰子，瞇起眼睛笑了起來。

「可能是跟妳說話讓他想到了什麼吧，妳就坦然接受他的道謝吧。」

「嗯，我知道了。」彰子點點頭，笑著說：「謝謝你，小怪。」

「哪裡哪裡，沒什麼。」

抿嘴一笑的小怪甩甩白色尾巴，露出忽然想到什麼的表情，轉身離開。

小怪登登走進晴明正在寫字的房間。

靠著柱子的勾陣，眼角餘光捕捉到它的身影。但是，她沒說什麼話，就閉上了眼睛。

可以感覺到六合也同樣隱形待在屋內一隅。

小怪瞥一眼同袍們，毫不介意地走到老人旁邊坐下來。

「嗯？怎麼了？紅蓮。」

老人的聲音搔撓著小怪的耳朵。

小怪甩甩白色的長耳朵，偏著頭開口說：

「喂，晴明。」

「嗯？」

小怪對寫著字的晴明說：

「為什麼在昌浩出生時把我找去？」

隱形的六合似乎微微抖動了肩膀，閉著眼睛的勾陣也顫動了眼皮。

「嗯？」

看著字面的晴明應了一聲，也不知道有沒有在聽。

坐了好一會的小怪，終於露出難為情的表情，用前腳抓抓脖子一帶說：

「哎，其實……也沒什麼啦。」

只是正好想起來，就想來問問看而已，沒什麼特別的意思。

抬起眼皮的勾陣，用看好戲的眼神看著在嘴巴裡唧唧咕咕的小怪。

晴明用若無其事的語調，對甩著耳朵的小怪說：

「這個嘛……」

小怪眨眨眼睛，仰視晴明，夕陽色的眼眸映著老人的側面。

眼眸裡的晴明細瞇著眼睛。

「就是想那麼做……」

小怪把眼睛一眨，夕陽色眼眸中的老人就瞬間消失了一下。

小怪嗯嗯沉吟一會後，點點頭說：

「這樣啊……」

喃喃低語的嘴角，不知為何給人喜孜孜的感覺。

目送小怪就那樣登登走出去的勾陣的附近，出現了盤坐的六合。

兩雙眼睛都望向了晴明的背部。

「晴明。」

「嗯？」

「就是想那麼做嗎？」勾陣向晴明確認。

晴明點點頭說：

「嗯，是啊，就是想那麼做。」

六合望著主人頭也不回的背影，靜靜地闔上了眼睛，嘴唇看起來像是帶著笑意。

「這樣啊，原來如此。」

「真像你的作風呢，晴明。」

「是嗎？」
這時老人才回頭看著他們兩人，眼睛散發著慈祥。
「是不是有聳動的理由會比較好呢？」
勾陣搖搖頭說：
「不，『就是想那麼做』就行了，騰蛇也接受了呀。」
如果是冠冕堂皇的答案，聽起來反而不實在。
所以，那樣就行了。

◆ ◆ ◆

「以上就是傳達的話，請問候夫人。」
聽完十二神將太陰帶來的話，成親苦笑著點點頭說：
「知道了，我會轉達。」
成親的妻子沒有靈視能力，所以看不見太陰也聽不見太陰說的話。
特別為她加強神氣或許有可能，但晴明不允許。因為太陰的外型雖是小孩子，但畢竟不是人類，很可能讓她產生不必要的恐懼。
太陰在成親面前一屁股坐下來，皺起眉頭說：

「我也不是不能理解昌浩的心情，可是，我覺得這種事還是要正式地寫封信才能充分表達吧？」

昌浩不是寫信感謝大嫂，而是派神將來傳達謝意。

他本人和太陰或許都沒有自覺，這麼隨便使喚高傲的十二神將，是非常了不得的一件事。

「哎呀，別這麼說嘛，其實是因為我家那口子的文筆太好了。」

「是嗎？」

「可能是從小跟行成大人書信往來的關係，她寫的文字流麗到幾乎可以流傳後世了。不過，我沒跟她說過。」

成親也沒對她說過，自己以她的文字為傲。

這時候又有其他神氣降落。

現身的同袍偏頭笑著說：

「喲，太陰，真是奇遇呢。」

「我是昌浩拜託我來的，你呢？太裳，是晴明有什麼事嗎？」

太裳笑得更開懷了，對眨著眼睛的太陰說：

「是啊，晴明大人派我來傳話給成親大人。」

聽著兩人對話的成親，覺得很有趣。

「原來你們兩個都只是被派來傳話啊？」

真不愧是曠世大陰陽師和他的接班人。

成親覺得很好笑，笑出聲來。

「哎呀哎呀，厲害、厲害。」

「啊？」

「什麼厲害？」

神將們聽不懂成親在說什麼，一臉困惑，成親笑著對他們搖搖頭說別放在心上。

那天，剪髮時

她經常作夢。
作小時候的夢。
夢裡有父親、母親、弟弟們，和很多的侍女。
為了讓烏黑的漂亮頭髮留到比身高還長，侍女每天都會用黃楊木梳子幫她仔細地梳理。
於是，秀髮隨著時光留長，如願以償地留到了比身高還長。
就這樣來到了十二歲的秋天。
父親道長似乎等不及她的頭髮再留長，就決定把她嫁入宮中了。

◆　◆　◆

張開眼睛，看到的是與夢中不一樣的椽子與橫梁。
「啊……」
彰子連眨好幾下眼睛，嘆了一口氣。
對了。
這裡不是之前熟悉的東三条府。
她坐起來，淡淡一笑。

很久不曾作以前的夢了，所以夢與現實之間的界線變得模糊了。
她深吸一口氣，爬起來。
悄然無聲地打開木門，走到外廊。
眼前是太陽即將升起的天空。
「空木要是看到我只穿著一件單衣走出來，一定會大驚小怪……」
這麼喃喃自語的彰子眯起了眼睛。
所有一切都跟住在東三条府時不一樣了。
起初，要跟上這些改變非常辛苦。現在，她覺得適應得差不多了。
但是，說不定只是自己這麼覺得，在這一家人的眼中，自己還是個不懂人情世故的孩子。
她經常這麼自我警惕，盡可以能減少自己不懂的事，慢慢一件件增加自己能做的事。
自從那個冬日以來，彰子就努力實踐這個想法。
頭髮沙沙搖晃。
她垂下視線看著髮梢。
原本比身高還要長的頭髮，現在大約只長到腳踝而已。
因為自從來到這個家，彰子就把頭髮剪短了一些。

家事差不多做完後，露樹拜託她去市場買東西。

到三条的市場並不是很遠。

剛開始，來回一趟會覺得很累，最近不再是什麼苦差事了。

這個家的主人安倍晴明，沒有進宮工作的義務。一如往常窩在房間裡，看著彰子看不太懂的書。

他的兒子吉昌準時出門了。身為天文博士的吉昌，擅長觀星。

有時，彰子晚上睡不著會走到外廊，吉昌察覺有動靜，就會沿著庭院走過來看看她，斷斷續續地告訴了她星星的名字、位置、依季節所產生的改變等等，講解得非常仔細。

彰子從小就喜歡在夜空閃爍的星星，所以對吉昌說的話很有興趣，總是聽得津津有味，現在已經可以自己找到指示方位的星星了。

這也是吉昌與彰子兩人之間的秘密，連昌浩都不知道。

不，晴明說不定知道。

因為他是當代最厲害的大陰陽師。

安倍晴明這個人，是有許多傳說的老人。

天生具有超絕靈視能力的彰子，在懂事前就受到這個老人的保護。

昌浩是晴明最小的孫子，也就是吉昌和露樹夫婦的小兒子。
他們就是構成安倍家的家人。
除此之外，昌浩還有兩個哥哥，但彰子還沒見過他們。
也不知道有沒有機會見面，因為彰子隱瞞了身分。
每天都去陰陽寮當直丁的昌浩，今天好像要值夜班，所以下午才會出門。
彰子去買東西前，先去了昌浩的房間。
「昌浩，我可以進去嗎？」
先在木門前詢問的彰子，得到活力十足的回應。
「請進！」
昌浩坐在矮桌前，攤開書籍，寫著什麼，旁邊放著六壬式盤。
桌旁堆著十幾本彰子看不懂的漢文書籍。
沒事的時候，昌浩經常這樣努力修行。
白色小怪在昌浩的斜後方蜷成一團。
它是全身覆蓋著白毛的生物，身體約小狗或大貓的大小。仔細看，脖子有一圈勾玉般的突起，額頭還有花般的圖騰。
找遍全世界，恐怕也找不到跟它同樣的生物。
「怎麼了？」

昌浩停下手，轉過頭。彰子對他淺淺一笑說：

「我要去市場買東西，你需要什麼嗎？」

昌浩頓時沉下了臉。

「買東西……一個人嗎？」

「是啊。」

已經去過很多次了，不用擔心會迷路。

昌浩繃著臉，在嘴裡唧唧咕咕，一副內心很糾結的樣子。

彰子微微偏著頭，心想他怎麼了？

繃著臉好一會的昌浩，抓住在斜後方蜷成一團的小怪的脖子，毫不費力地把它舉到半空中。

「哇？」

睡得昏昏沉沉的小怪，發出迷糊的叫聲。

張開的眼皮下，露出了融入夕陽般的鮮豔色彩。

彰子覺得清澄、熠熠生輝的色彩很漂亮，非常喜歡。

「把這東西帶去。」

「不要把我說成東西。」

小怪也馬上半瞇起眼睛，向同樣半瞇著眼睛的昌浩抗議。

昌浩不理它，把抓在半空中的它塞給了彰子。

「它很輕，坐在肩上也不重，必要時讓它自己走路就行了。」

「臭小子，說這什麼話……」

彰子苦笑著伸出雙手，接過低嚷的小怪。這時候拒絕，昌浩一定又會找其他十二神將來保護她。

儘管十分感激昌浩或神將們的關心，但如果無法一個人走到市場，恐怕也會為往後在這個家的生活造成許多麻煩吧。

露樹都是一個人去市場或任何地方，彰子必須做到跟她一樣。

總有一天，彰子會跟昌浩好好談這件事，現在她還在找機會。

「那麼，小怪，拜託你了。」

被彰子鄭重拜託的小怪，用前腳靈活地抓抓耳朵下方。

「真拿他沒轍。」

小怪的回應聽起來真的很無奈，昌浩悄悄瞪它一眼，被它看到了，它深深嘆了一口氣。

到三条要走很久。

小怪沒坐在彰子肩上，而是登登走在她旁邊。

彰子對它說坐在肩上沒關係，但它說這樣不好意思，回絕了。這是它的體貼方式，並不是討厭彰子。

彰子向來很用心，會仔細觀察他們的一舉手一投足，深入理解其中含意。他們為她做的事，她都很開心。安倍家的人很不可思議，都可以看透彰子內心的奧秘。

彰子從他們那裡得到太多的喜悅、歡樂、滿足，所以彰子也想盡可能回報。不過，距離理想還很遠。

小怪登登走路的模樣，會融化人心。長長的耳朵和尾巴，輕柔地搖晃著。

不由得展露微笑走向市場的彰子，耳朵傳入小怪淡淡然的聲音。

「妳……不寂寞嗎？」

彰子眨了眨眼睛。小怪直視前方，只管搖晃尾巴。

從它的聲音感覺不出沉重的味道。沒有很深的意思，像是突然想到就問了。

「為什麼會寂寞？」

彰子沒有回答，反過來問它。

小怪在昌浩身旁時，會找話跟彰子說，但是，昌浩不在時，幾乎不會主動跟彰子說話。

彰子看起來不舒服時，它會關心。看起來有煩惱時，它會去了解狀況。

但是，不會有更進一步的行動。
那麼，在一起時，氣氛會不會尷尬呢？絕對不會。
因為小怪好像很擅長隱藏氣息，是好的意思的那種隱藏。
「東三条與這個家，所有一切都相差太遠了。而且……見不到家人，實在是……」
小怪緊緊蹙起雙眉。
彰子惆悵地微微一笑。
不能說謊。
「有時……我會夢見。」
夢見出生以來的十一年間。
夢見住在東三条府時的平淡日常生活景象。
離開後，就只剩下回憶了。想起來的，全部都是好事。
然而，實際上並不是只有那些好事。
她有很多弟妹，所以她與母親相處的時間，是所有孩子裡最短的一個。
身為皇后候選人的她，為了即將到來的這一天，接受過完整的必要知識和舉手投足的教育。
但這是她自己的願望嗎？絕對不是。

純粹是父親的命令。因為是命令，所以她遵從。她沒有否決命令的意志。

即便有那樣的意志，恐怕也說不出口。

生為藤原氏領導者的女兒，生活方式和宿命自然不同於其他家族的女兒。

所以，那些都是理所當然的事。

「會思念……也或許會覺得寂寞……但真的只是偶爾。」

小怪甩甩耳朵，夕陽色的眼眸刻意不去看彰子。

「可是……這樣很好。」

小怪眨了一下眼睛。

被昌浩形容為夕陽顏色的眼眸，直直望著前方。

彰子很感激它這麼做，因為現在的自己一定是露出了不想讓安倍家的人看見的表情。

「畢竟不再思念、不再寂寞，就表示我已經忘了我的家人。」

記得才會思念；記得才會覺得寂寞。

因為想起來，心頭才會浮現那樣的情感。

當什麼也想不起來時，就沒有任何感覺了。

老實說，彰子不敢斷言絕對不會有那麼一天，她沒有這樣的自信。

過去會逐漸被美化，厭惡的事會從心中消失。

想起的都是充滿溫馨的情景，給人那之外的事彷彿都不存在的錯覺。

她的身分將會被隱藏一輩子。

萬一在什麼時候被揭穿，父親就會失勢，整個家族都會受到譴責，恐怕連安倍家的人都無法倖免。

她絕不能讓這種事發生。

代替她嫁入宮中的同父異母姊妹，也會被冠上欺君之罪。

在安倍家安頓下來後，她把頭髮剪短了一些。

把很多事隨著剪掉的頭髮一起拋開了。

現在，被溫柔的人們圍繞，她非常幸福。

真的很幸福，但她知道，這同時也是非常不幸的一件事。

但是，她不會告訴安倍家的人。

小怪甩了一下白色的尾巴。

它邊配合彰子的步伐，以比平時緩慢的腳步前進，邊悄然嘆息。

晴明當然早就看透了彰子這種複雜的心境。明明看透了，卻能裝成什麼都不知道的樣子，不愧是隻狐狸。

吉昌一定也看出來了。他的四十年歲月，可不是白白度過的。

至於昌浩——

「要他看得那麼明白，恐怕還有難度……」

小怪在嘴裡唧咕。

他才出生十二年，正在成長中，要他理解這種事，似乎有點殘酷。

能理解到目前的程度，對他來說已經不容易了。或許有一天，他也能看得那麼明白，但恐怕是很久以後的事了。

而彰子也竭盡所能不讓他看出來。

所以，小怪也會在回家的路上，把剛才聽到的話統統忘記。

小怪抖動了一下耳朵，彰子不安地叫了它一聲。

「小怪……？」

彰子有點後悔，覺得還是不該說剛才那些話。

即使是小怪先提起，自己也應該笑著說沒那種事，搪塞過去。

小怪瞥一眼愁眉苦臉的彰子，故意裝出心不在焉的語調說：

「嗯——我在聽、我在聽。」

「其實，也不是那樣啦，所以，呃……」

「嗯、嗯，老實說，我最近很健忘。」

「咦……？」

彰子眨了眨眼睛，小怪猛然轉向她說：

「妳說要買什麼？」
「呃、呃……」
彰子一時語塞。小怪沒頭沒腦地改變話題，害她不知道怎麼接話。
後來才想到，小怪是假裝沒聽見。
連眨好幾下眼睛的彰子，擠出無法形容的笑容。
因為不知道該擺出什麼表情，只好試著露出笑容。
「小怪，你好狡猾……」
小怪只是搖著尾巴。
彰子嘆口氣，加快了腳步。快到昌浩出門工作的時間了，要快點買才行。
默默走了好一會兒的彰子，轉彎後不經意地看看周遭。
忽然發現前方有輛牛車往這裡駛過來。
「唔……」
她不由得屏住氣息，停下腳步。
小怪察覺不對，疑惑地扭頭看著她。
「怎麼了？」
「那輛車……」
小怪望向彰子指的車，驚訝地張大了眼睛，急忙環視周遭，說：

「這邊。」

彰子跟著倏然轉過身去的小怪，躲到陰暗處。

看到彰子悄悄窺視車子的模樣，小怪的表情苦到不能再苦了。

「怎麼偏偏走這條路嘛。」

「應該是湊巧吧……」

「就是這種湊巧很討厭啊，我要說的是幹嘛偏偏選這個時間……」

小怪雙眼發直，瞪著牛車。

才剛說完，車裡的人就像聽見了它說的話似地，打開了車窗。

彰子瞠目結舌。小怪在視野角落，看到了彰子那樣的表情。

抓著窗框往外看的人，是個小孩子。孩童裝扮，看起來很倔強。

那是彰子真的好久不見的弟弟。

他的名字是鶴。那是乳名，所以將來應該會再取別的名字，但對彰子來說，他的名字就是鶴。

看著牛車經過的小怪，突然被一把拉過去，嚇得張大了眼睛。

彰子抱起小怪，用雙手摟住了它。

她的雙手微微顫抖。

小怪刻意不去看彰子的表情。

牛車的車輪嘎啦嘎啦作響。

從車窗可以看到鶴正在跟誰說話。看不到那個人，但是可以確定車上還有其他人。

彰子摟住小怪的手無意識地加強了力量。

坐在車子裡面的人會是誰呢？

鶴在笑。好像是發現了什麼有趣的東西，邊指著什麼邊不停地動著嘴巴。

跟他說話的人，是母親還是父親呢？不，也可能是侍女。或者、或者是……

「——」

牛車駛過去了。

彰子一直躲在陰暗處，直到再也看不見車體。

被緊緊摟在懷裡的小怪這時才開口說：

「應該沒事了……」

彰子鬆開手，小怪就直接噗通掉到了地上。

悄悄抬頭一看，彰子還注視著車子離去的方向。

也未免太巧了，而且是巧得不太好。

現在該說什麼呢？

想半天也想不出要說什麼的小怪，正支支吾吾說不出話來時，聽見了平靜的聲音。

「太好了……」

小怪訝異地偏著頭。

「……？」

這是什麼意思呢？

彰子期期艾艾地接著說：

「其實……我一直在想，哪天像這樣外出時，說不定會遇見。」

小怪靜靜地聽她說。

她看起來並不是非常慌亂，眼眸清澈而平靜。

「也曾思考過……如果遇見該怎麼做……」

會不會不顧後果就衝出去呢？

會不會哭到不能自已呢？

會不會大叫、會不會呆住不能動呢？

會不會、會不會……

——結果……

彰子微微一笑，安心地鬆口氣說：

「結果是我有好好躲起來……送走了他們。」

絕不能讓他們發現自己。

因為應該待在宮裡的「彰子」，不該出現在這種地方。

她低頭看自己的模樣。身上穿的是淡色衣服。因為怕絆到腳，那是把前後布料塞一點進帶子裡的窄袖便服。

鶴的姊姊不會一個人走在路上。

鶴的姊姊必須留著比身高還要長的頭髮。

現在她的頭髮只長到腳踝，用細繩綁起來，收到衣服裡面，這樣比較好走路。

只是在貴族行列中吊車尾，身分地位較低的家族，就是這樣的裝扮。

從她身上看不出她是一族首領的大千金。

坐在車窗裡面的人，都跟她不一樣。

彰子又深深嘆口氣，露出拋開一切的表情，對小怪說：

「快去採買吧，小怪。」

跨出步伐的彰子的側臉，沒有一絲的徬徨。

小怪閉一下眼睛，回她說：

「喔。」

那天，她稍微剪短了頭髮。

感覺把至今所受的教育也都一起剪掉了。
心情很悲哀，也很難受。
一個人獨處時，那樣的情緒經常會湧上心頭，化為無法言喻的悲戚，一點一點地堆積在心底深處。
每次看到剪短的頭髮，就會想起失去的東西。
然而，當那些東西浮現眼前，心情卻又平靜到不可思議。
因為剪掉的東西，換來了更多的東西。
「小怪……」
「嗯——」
「今天的事不要告訴大家。」
「嗯——」
依然假裝心不在焉的小怪的體貼，給了彰子言語無法形容的溫暖。
就是一件件這樣的事，使堆積在心頭的東西，如淺雪般逐漸融化了。
剪掉的頭髮，換來了其他的東西。
那是因為失去才得到的東西。
今後，她的頭髮絕對不可能再長過腳踝了。

那天剪髮時，她決定把那裡當成自己活下去的地方。
活到現在，她第一次憑自己的意志作了決定。
隱藏在這個決定裡的決心，她不會告訴任何人。
怕會妨礙做家事，所以她稍微剪短了頭髮。
僅僅就只是這樣。

這雙手與手指

都是鳥的啼叫聲通知她早晨的到來。
要不就是陽光照到肌膚的熱度。
以前的她，活在沒有亮光的世界，只知道那些東西。
「好刺眼……」
刺眼這兩個字，伴隨著真實的感覺，從她嘴巴無意識地冒了出來。
從有生以來第一次看見亮光到現在，已經過了好幾個夜晚。

從以前活在沒有亮光的世界時，汐就喜歡坐在外廊消磨時間。
因為看不見，更能聽清楚各種聲音。拂過肌膚的涼風，會讓她知道秋的到來，溫風會帶給她春的訊息。
白天與夜晚，啼叫的鳥不一樣。夏天時，蟬叫聲會震天價響。下雪的日子，所有聲音都會被雪吸走，四周異常靜謐。
向來她都是那樣靜靜地等待時間流逝。
她下定決心，在某天離開這座宅院之前，要把一切都記起來。
沒想到，那樣的日子卻乍然結束了。
不，不是乍然。
有預兆。

是隨風降落的那個人，結束了那段日子。

「不是夢……」

她盯著自己的手，試著張開、握起。那種感覺很真實，如假包換，她這才放心了。

有時，她會懷疑這到底是不是夢？

還好，沒問題，這是現實。

以前她有很想看見的東西。

譬如心愛的父親的臉、生活的房間、啼叫的鳥、隨著四季變遷綻放的花朵。

在張開眼睛也是一片漆黑的世界裡，她好想看到色彩。

好想看到亮光。

然而，那些都是無論如何也無法實現的願望。

父親對悲傷的她說：

「既然這樣，就用妳的手去摸。邊摸邊在心中描繪形狀，所有事物就會在妳心中呈現，那個影像一定比妳用眼睛看到的還要鮮明。」

真的是那樣。雖然沒有顏色，但經由指尖的觸感，讓她看見了各種東西的形狀。

而且，靠手觸摸，在心裡描繪出來的父親的臉，與映在恢復光明的眼眸裡的父親一模一樣。

心愛的父親所說的話果然是真的。

——我不會對汐說謊。

所以，她絕對不會忘記對她說過這句話的人的臉。

那張臉描繪在曾經一片漆黑的眼皮底下。她用這雙手的手掌、手指，確認過那張臉後，把那張臉刻在了心裡面。

閉上眼睛，就能看見那張臉。

也記得名字。

確定四下無人，她才輕聲叫喚：

「玄武哥哥……」

經常叫喚才不會忘記。

她猜測玄武的身高應該跟自己差不多。

只是這樣想而已。透過手指的位置，覺得應該是這樣。

事實上是不是這樣，她還不知道。

是怎麼樣的穿著打扮，也只能靠想像。

會不會是穿跟父親一樣的狩衣呢？

「不，一定不是……」

第一次觸摸時，摸到了裸露的肩膀，與狩衣的肩頭設計不一樣。

「說得也是，玄武哥哥是神啊。」
穿著當然不一樣。
汐嘆口氣站起來。
現在看得見了，小心走路的習慣卻還是沒改變。
在用眼睛看之前，先用手和腳摸索有沒有障礙物，是生活在黑暗中時留下來的習慣。
這個習慣也可能在某天遺忘。
比起看不見的時候，「感受」明顯增加了許多。
原本只靠語言和觸覺理解的東西，現在有了顏色和深度。為了讓自己的知識與實物相結合，她費盡了心思。
但這是開心的事，她並不覺得辛苦。
只是擔心一件事。
每次這樣重新記憶一樣的東西，用手觸摸的記憶就淡去一些。
這樣下去，不想忘記的東西也會忘記。
怎麼辦呢？
曾經教女兒用手觸摸的父親，又教會了煩惱的女兒新的事物。
那麼，就把妳不想忘記的東西的名字記下來。

用筆在紙上寫成文字。
父親用心地教她寫字。
先教她怎麼唸，等她記住了，再教她怎麼寫。
她自己一個人第一次寫下的字，就是保護過她的人的名字。
ㄒㄩㄢˊㄨˇ。
ㄕㄣˊㄐㄧㄤˋㄒㄩㄢˊㄨˇ。
「ㄕㄣˊㄐㄧㄤˋ是什麼字呢……」
連父親都不知道，所以就這兩個字成了解不開的謎團。
「那個人說不定知道……」
她輕聲嘆息，閉上了眼睛。
浮現眼底的，不再是一整片的黑暗。
有玄武、玄武的同袍，以及那晚出現在汐面前的年輕人。
汐沉溺於回憶中。
那是很不可思議的一個人。聲音聽起來很年輕，動作、說話口吻給人的感覺卻像個老人。
就是他讓汐的眼睛恢復了光明。
玄武說不定現在也還在那個人那裡。

想起玄武說「我不是水神的使者」時的不悅口吻，汐的臉不由得笑開了。
她最近的日課就是花時間慢慢練習注音。
經過好幾次的練習，寫出來的東西終於比較接近父親的字了。
面向矮桌的她，放下筆，呼地喘口氣。
字的形狀看起來比昨天工整了，明天也許又會比今天更進步。
當任何人看到都會說「好漂亮的字」，就開始寫文章。
用情再深，說不定也沒有機會付出。
「會寫ㄒㄩㄢˊㄨˇ了……」
汐拿起像能讓光透過去一樣的紙，心滿意足地看著有些不整齊的字。
於是她又望向父親寫給她的另一個範本。
「等寫得更好時，再來寫……」
玄武。
她把手伸向範本，盈盈一笑。
有個小小的身影坐在屋頂上。
除了擁有特別力量的人之外，誰也看不見那個身影。
「唉……」

注視著手中式紙的玄武，不知道是嘆第幾次氣了。

——去出雲前，先去看看汐小姐怎麼樣了。

為了預防萬一，主人把這張式紙交給了只有守衛能力的玄武。

「哪會有什麼萬一嘛，晴明那傢伙到底在想什麼。」

玄武也知道，有靈視能力的人，周圍經常會有異形或變形怪聚集。

可是，汐的靈視能力已經用來換取光明了。

現在的她是一般人，看不見人類之外的東西。

所以不論多接近她，玄武的身影也不會映入她的眼簾。

因為無法與她接觸，只好默默看著她。

這一天的風比較暖和，所以汐的房間的板窗是開著的。

玄武坐在主屋的屋頂上，默默執行著主人的命令。

「這麼做到底有什麼意義呢？」

十二神將拿著式紙守候在屋頂上。

晴明根本不必刻意派玄武來，只要放出這樣的式就行了。

玄武來這裡已經一個時辰了，這段時間完全沒事可做，只能看看天空、數數水池裡被風吹起的波紋、偶爾看一下待在竹簾和屏風前的女孩。

眼睛看不見時的習慣還沒改過來的汐，走路走得很慢。不可思議的是，走得那麼慢，不知道為什麼還是會撞上屏風。

撞上後，她會對著屏風露出詫異的表情，那模樣讓人莞爾。

因為還不習慣看得見，所以很難看清楚視野的全部。

這樣的不協調感，總有一天會消失。

自己無法正命的情感，如今也還徘徊在玄武心中某處。

感覺像是失落，但無法確定是不是。

吐露出那種心情的同袍，天生沉默寡言，所以並沒有對玄武說明是怎麼樣的心情。

玄武本身也不期待他會做什麼說明，所以覺得也還好。

但是……

「搞不懂他是親切還是不親切，話太少也有點問題。」

正長吁短嘆時，水池中央冒出了詭譎的波紋。

聽見啪鏘水聲，汐停下了寫字的手。

「怎麼了…？」

水聲越來越大。

緩緩起身走向外廊的汐，往水池望去，驚訝地屏住了氣息。

陽光彈躍的水面捲起了奇怪的波浪。水花閃閃發亮，非常漂亮，卻給人很可怕的感覺。

現在的她已經沒有靈視能力，但過去的經驗告訴她，那是妖怪在作祟。

漣漪往這裡靠過來了。

汐臉色發白，往後退。看不見東西不過是跟以前一樣。

但是，現在「聆聽」和「感覺」都做不到，也沒有人保護她了。

更大的水花啪吵一聲濺起，汐蹲下來，閉上了眼睛。

「玄武哥哥……」

突然，靠近她的某種東西被彈飛出去了。

察覺異變，汐緩緩抬起了頭。

水池噴出了水柱。

「什……麼……？」

她不知道。

有所謂的言靈。

擁有強大力量的東西的名字，裡面蘊藏著力量同樣強大的言靈。

玄武是四神之名。

神的名字本身就是具有驅邪力量的言靈。

看到突然從水面跳出來的魍魎，玄武欠身而起。

蹲下來的汐的叫喊聲，被水聲掩蓋了。

「汐！」

十二神將玄武拋出了主人交給他的式。霎時，築起了守護汐的圍牆，阻斷了魍魎的去路。

被拋出去的式變成猛禽，刺穿了魍魎。響起了淒厲的咆哮聲，那是一般人聽不見的異形慘叫聲。

猛禽把魍魎大卸八塊後，化為光的漩渦。被光纏住的魍魎，碎成了粉末。

魍魎的碎片掉下來，在水面上啪啲啪啲濺起水花，沒多久就恢復了靜寂。

玄武鬆了一口氣。

「晴明都預測到了……」

預測和預言是陰陽師的專利。

玄武的主人是絕代大陰陽師。他一定是預測到所有事，所以派自己來這裡。

「既然這樣，何必派沒有戰力的我來，派其他同袍來就不需要式啦。」

帶著自嘲意味嘟囔的玄武，聽見了清澄的嗓音。

「玄武哥哥……？」

玄武驚訝地望向汐。
她四處張望，像是在找尋誰。
她看不見玄武，也聽不見玄武的聲音。
即便如此，她還是在尋找。
「汐……」
烏亮的眼眸波動蕩漾。
玄武只要加強神氣，就能讓汐看見自己的身影，但那麼做沒有意義。
明知她聽不見，玄武還是對著她說：
「我會為妳布下結界，這樣異形就再也不能傷害妳了，妳不會再受到這樣的驚嚇。」
在汐走不穩時，玄武曾不由自主地握住了她的手。她的手指溫暖又纖細。
他要為曾說他溫柔，卻比他更溫柔且純真的女孩，布下結界。
他看著自己的手，緊緊握起了手掌。
汐在尋找他。汐在呼喚他。
不是呼喚其他任何人，而是呼喚他。
「我不會對妳說謊。」
十二神將玄武的清冽力量，在誓約般的喃喃低語中，築起了環繞宅院的保護牆。

◆　◆　◆

透過手、透過手指，她把那個人的臉龐刻在了心裡面。

她忘不了；忘不了那雙手的溫暖。

因為這雙手與手指、

與這顆心，

都記得所有一切。

是約定？抑或詭辯？

陰陽師有好幾張臉。

「那麼，父親要去工作了。」

穿著直衣的成親，交互看著兩個並排送他出門的兒子。

「要練習寫十張的字、背漢詩，知道嗎？」

跪坐的國成和忠基點頭回應。

「是，父親。」

「請慢走。」

「嗯、嗯。」成親滿意地點點頭，輪流摸摸兩個孩子的頭，走出了對屋。

走到外廊目送父親背影離去的兩個孩子，不約而同地面向彼此，當場癱坐下來，開始討論事情。

「哥哥，今天也失敗了。」

「是啊，事情嚴重了，要想想辦法才行……」

來查看狀況的侍女，看見兩個孩子愁眉苦臉低吟的樣子，張大了眼睛。

從伊勢回來的昌浩，忙著處理缺席時堆積起來的雜事。

陰陽生幫他分擔了大部分的工作，但沒辦法幫他做完全部。不趕的部分，就留著等他回來做了。

「是不是還做不完啊？喂。」

眼睛半張的小怪，在昌浩旁邊用後腳搔著脖子一帶。

坐在位子上振筆疾書的昌浩，發出不成回應的呻吟聲。

「唔……」

「到底是還是不是，你說清楚嘛。」

「嗯……」

「是還是不是？」

小怪垂肩嘆息，哎哎叫著坐下來。

昌浩擺出苦到不能再苦的苦瓜臉，嘟嘟囔囔地回應。

「我很想做完，可是做不完。只有這種模稜兩可的答案，可以形容我現在的心情。」

「原來如此。」

小怪也只能這麼回應，昌浩默默對著它嘆氣。

他缺席的時間並不長，但正好快月底了，所以工作又比平時更多。

留下來的工作，並不是全部都只有昌浩能做，但可以說除了急件外，全都留下來了。

他也不是沒想過，全部幫他做完該有多好啊。可是，官吏們都有自己的工作要做。

他們在完成工作之餘，還幫他把事情處理到某種程度，已經值得感謝了。實際上，昌浩是很感謝。但人就是這樣，無論如何還是會有些不滿。

「喲，弟弟，你很勤勞呢，好感動、好感動。」

來自頭頂的聲音的主人是誰，昌浩不用看到臉也知道。

「當然很勤勞啦。」

昌浩不慌不忙地回應，抬起頭就看到靠牆站立的大哥。

「你又從曆部溜出來了？」

成親裝出無辜的表情，故意張大眼睛，對半張著眼睛的小怪說：

「我是正好有一點空閒，所以來看看缺席很久的可愛的弟弟啊，竟然被你說成那樣，我實在太可憐了。」

就在他誇張地嘆著氣時，有人以不到狂奔的速度，轉過走廊拐角往這裡衝過來。

「博士，原來你在這裡！」

「……」

看到成親難堪地轉向其他方向，昌浩和小怪差點噴笑，但忍住了。

「說吧，哥哥，找我什麼事？」

曆生以無言威逼，成親邊以動作向他示意會馬上回去，邊回答昌浩。

「啊，我的兒子們說想見你，託我轉告你，請你快點來我家。」

「國成和忠基嗎？為什麼？」

成親偏頭說：

「不知道，總之，他們就是這麼說。不好意思，可以請你今天去一趟嗎？」

「知道了。」

昌浩答應後，成親就揮揮手，轉身走了。

目送他離去的小怪，喃喃說道：

「那小子今天恐怕很晚才能回家吧？」

笑著揮手道別的昌浩，眼神迷茫地遙望前方，打從心底贊同小怪的話。

工作結束後，昌浩去了成親家。到的時候，兩個侄子幾乎撲上來，讓他大吃一驚。

「啊，昌浩叔叔！」

「等你好久了。」

「好久不見，你們好嗎？」

昌浩笑著回應抱住他的腳的兩人，六歲和五歲的侄子就用力點著頭說：

「叔叔，請往這邊走。」

國成和忠基把昌浩帶到了東北對屋。這間用帷幔屏風隔成三部分的對屋，是成親所有孩子的起居室。

「咦，妹妹不在呢。」

「對啊，她跟奶媽一起待在母親的房間。」

國成回答時，忠基把坐墊拉過來，請昌浩坐下。

昌浩邊道謝邊坐下，心想等一下去看看她。國成和忠基在他前面坐下來，神情凝重地開口說：

「父親和母親在吵架。」

「他們很久沒說話了。」

「啊……？」

透過動靜，昌浩知道隱形站在後面的勾陣大感意外，猛眨著眼睛。

成親的孩子們都沒有靈視能力，看不見神將，也感覺不到他們的氣息。

國成哭喪著臉對驚訝的昌浩說：

「母親跟父親說話，父親也不回話。」

「咦？」

「父親每天都很晚回來，大家的表情好像都很奇怪。」

「咦？」

聽完兩人輪流說的話，昌浩滿腦子問號，不禁向後面求救。

勾陣把神氣加強到只有昌浩看得見的程度現身了。

「是成親惹夫人生氣了吧？」

為了謹慎起見，昌浩向兩個孩子確認。

「是你們的父親惹你們的母親生氣了嗎？」

兩個人同時搖頭。

「不對，是母親跟父親說話，父親不回答。」

「咦……」

昌浩啞然失言。

這就稀奇了。

很久以前，安倍成親被花容月貌的參議千金相中，成了她的丈夫。她是個美女，但好勝、自尊心強，如同「竹取公主」般，拒絕了很多的求婚者，這個趣聞至今仍成為話題。

跟這樣的公主結婚的安倍成親，在宮中是有名的「妻管嚴」。

對昌浩來說，大嫂非常溫柔，可是，成親動不動就會說挨妻子罵，所以昌浩覺得大嫂可能只對大哥一個人兇。

「吵架啊……」偏頭嘟囔的昌浩，半晌才開口問：「母親說了什麼讓父親生氣的話嗎？」

兩個侄子面面相覷。

「不知道……」

哥哥國成在沮喪的忠基旁邊，拚命搜索記憶。

「呃，他們不說話，好像是從四天前的早上開始的。」

表情陰鬱的國成吞吞吐吐地接著說。

這段時間，小怪是坐在門上，半張著眼睛。

它不進去裡面。有同袍一起進去，所以不用擔心，但不知道他們什麼時候才會出來，很難打發時間。

它甩甩尾巴，望向遙遠的伊勢。

「晴明正在做什麼呢？」

才剛這麼想，下面就傳來活力充沛的叫聲。

「啊，式神！」

往下一看，三隻小妖正對著它揮手。

眼睛半張的小怪對著它們嘶吼。

「太陽都還沒下山，你們怎麼就起床了……」
見到也不會開心的三隻熟悉的小妖，蹦地跳到門上。
「怎麼了、怎麼了，你居然會在這種地方，太稀奇了。」
「是昌浩來了嗎？」
「這裡是成親的家，昌浩偶爾也會來玩吧？」
小怪嘆著氣回應：
「昌浩不是來玩的。」
聽到這句話，三隻小妖都顯得有點苦惱。小怪覺得有問題，逼問小妖：
「發生什麼事了？」
「沒有啦……就是聽到奇怪的話……」
「奇怪的話？」
「這裡的侍女們說的悄悄話。」
「我們的同伴偷聽到，非常吃驚。」
小怪皺起了眉頭。
「什麼話？」
被小怪稍微一嚇唬，小妖們就為難地彼此相互對看。

昌浩走出參議的宅院，是在太陽下山之前。

他對送他到門口的侄子們揮揮手，等小怪從瓦頂板心泥牆上跳到他肩上才往外走。

過了一會，兩人同時發出嘆息聲。

「怎麼了？小怪，嘆這麼大口氣。」

「那你是怎麼了？」

昌浩與小怪四目交會，皺起了眉頭。勾陣在他們旁邊現身。

「你身上好像有小鬼的妖氣纏繞，還不到晚上，它們就四處活動了？」

小怪有點受不了似地點點頭。

「它們說最近在實踐早睡早起，黃昏前起床會覺得神清氣爽。」

對喔，晚上才是小鬼們的生活時段——悠哉地想著這種事的昌浩，忽然深深嘆口氣，把嘴撇成了ㄟ字形。

「你好像很煩惱呢。」

昌浩環抱雙臂，對甩動耳朵的小怪說：

「大哥跟大嫂好像在吵架。」

「哦……？」

小怪揚起一邊眉毛，露出臆測的神色。勾陣察覺有異，蹙起眉頭說：

「騰蛇，你是不是知道什麼？」

「咦？」

小怪擺出咬到苦蟲般的苦瓜臉，對驚訝的昌浩說：

「我從小鬼那裡聽說了奇怪的事，不知道跟昌浩說的這件事有沒有關係。」

「你從小鬼那裡聽說了什麼？」

表情有點複雜的小怪，喃喃沉吟了好一會。

「總之，昌浩……」

「嗯？」

「邊走邊說吧？」

「哦，知道了。」

昌浩發現自己不自覺地杵在原地，又跨出了步伐。

坐在昌浩肩上的小怪，眼睛半張地沉吟半晌後，慢慢說起了那件事。

「小鬼是聽見侍女們之間的談話。」

「哦。」

「聽說成親好幾天都不跟大小姐說話，而且很晚才回家。」

參議宅院的資深侍女，把參議的千金篤子稱為大小姐，用來區分她與她的女兒。篤子是大小姐，女兒是小小姐。

昌浩知道國成、忠基的名字，但並不知道大嫂和姪女小小姐的名字。

千金小姐的稱呼大多是與什麼相關的通稱，只有家人與未來的丈夫知道她真正的名字，所以昌浩也不會很想知道。

「所以……侍女們懷疑女婿大人是不是有了外遇，都說大小姐太可憐了。」

小怪仰天長嘆。

「我認為不可能有那種事，但不知道真相是怎麼樣，即使反駁小鬼，也沒辦法對侍女們說什麼……昌浩？你的表情很奇怪耶。」

察覺昌浩視線的小怪一瞇起眼睛，昌浩就氣沖沖地對它說：

「小怪，你沒有嚴正地告訴小鬼不是那樣嗎？」

「我有說應該不是那樣啊。」

昌浩抓住小怪的脖子，把它拎到眼前。

「我那個哥哥絕對不可能做出讓大嫂哭泣的事，你居然說『應該』，為什麼說得那麼含糊呢？」

昌浩怒目而視，小怪豎起眉毛反駁他說：

「就算不可能，我也不能把不知道的事說成絕對啊。小鬼畢竟是妖怪，說假話就會給它們可乘之機。」

「話是這樣沒錯，可是……」

小怪舉起一隻前腳，對鼓著腮幫子的昌浩說：

「你說他們在吵架，是怎麼回事？」

到底是為什麼事吵了起來呢？

被這麼一問，昌浩把小怪放下來，環抱雙臂說：

「我就是不知道啊。」

一個翻轉著地的小怪，雙眼發直，跳到了勾陣肩上。

「怎麼會變成這樣呢？」

同袍嘆著氣說給它聽。

四天前的早上，篤子說出了這樣的話。

——我夢見了神諭，那一定是神的旨意。

她說不久會再懷上孩子。那孩子是為履行約定而生的尊貴生命，總有一天要放手，但不用悲傷。

她說她不記得與神明有過什麼約定，但可能是前世許下了這樣的承諾。

那麼，就是會再有一個弟弟或妹妹囉？國成這麼想，非常興奮。忠基好像也知道怎麼回事，眼睛閃閃發亮。

但是，國成看到父親的樣子，有種被潑了冷水的感覺。

那張臉很嚴肅、很可怕。

篤子也被成親的表情嚇得啞然失言。
沒多久，成親板著臉站起來，去了皇宮。
那天他特別晚回家。臭著臉回到家，也不跟篤子說話，一直臉色陰沉地思考著什麼，也沒看篤子一眼。
起初，篤子很氣成親這種態度，但接連三、四天都是這樣，她就開始忐忑不安了，心想是不是自己說了什麼惹成親生氣的話？或是有其他理由？
看到篤子心痛的樣子，侍女們開始心生懷疑，孩子們也開始焦慮，心想不能再這樣下去，於是向昌浩求救。
「事情就是這樣……侄子們求助於昌浩，拜託昌浩弄清楚成親為什麼不跟妻子說話，怎麼樣才可以讓他們和好。」
小怪回想只有遠遠見過的成親的兩個兒子，「嗯嗯」地點著頭說：
「唉，原來如此。」
昌浩正言厲色地說：
「大嫂作的夢很奇怪，好像暗示著什麼……」
有小孩是好事，通常會很開心才對。
成親很喜歡小孩，每次妻子懷孕，他都會樂不可支，笑到合不攏嘴，連妻子都會告誡他收斂一點。

這次的反應卻完全相反。
天空逐漸轉暗了。
昌浩緊緊抿著嘴唇，趕路回家。
在陰陽寮跟成親說話時，他並沒有感覺哪裡不一樣，就是平時的成親。
不過，那個哥哥即使心裡有什麼事，他也沒有自信可以看得出來。
「嗯——那麼晚回家，是去做什麼呢……」
昌浩低聲嘟囔，跟在他後面的小怪和勾陣彼此交換了視線。
看情形，昌浩一回到家，就會又馬上出門。
以眼神對話的兩人的預感果然成真了。

回到家的昌浩，很快換好衣服，梳妝整理完畢，就匆匆出門前往皇宮。
成親是不是還在陰陽寮呢？
「說不定他已經做完工作離開陰陽寮了。」
小怪這麼猜測，昌浩仰望天空說：
「嗯，這樣的話，就抓個附近的小鬼來打聽他的行蹤。」
坐在昌浩肩上的小怪，舉起一隻耳朵發言：
「還不如直接占卜他的行蹤比較快吧？」

昌浩雙眼呆滯。
「最好是占得準啦。想到占卜的對象是哥哥，就有種背叛的感覺……」
這麼做就像要揭穿兄弟隱瞞的事，令人卻步。
「占卜不可以，跟蹤就可以嗎？目的都一樣啊，說那什麼話嘛。」
「是國成他們拜託我，我才要跟蹤啊。而且，占卜也不一定準，最好是眼見為憑。」
陰陽師的占卜不一定準。用來找東西或猜東西，沒有問題。但是，攸關對方人生的大占卜，情況就大不相同了。
對象與自己越親近，就越容易夾雜私情，所以卜出來的卦怎麼樣都會出錯。技術熟練的術士，或許可以控制到某種程度，但昌浩在這方面的修行還差得太遠。關鍵在於鍛鍊心性，要做到無論發生任何事都不會受影響，昌浩是不久前才開始重視這件事。
「雖然不一定準，但需要占卜時，最好還是能做到高準確率。」
現身的勾陣冷靜地分析，昌浩老實地點點頭。
「嗯，我會慢慢……啊！」
昌浩急忙躲進行道樹後面。
似乎剛結束工作的成親，從大門走出來了。昌浩來得正是時候，沒有錯過。

從遠處也看得出來，成親一臉嚴肅。在陰陽寮絕對看不到他這種表情，心情全都寫在臉上。

小怪眨了眨眼睛。

「那小子會露出那種表情，還真少見呢。」

「是啊，果然有什麼事？」

跟成親認識的時間比昌浩還長的勾陣都這麼說了，可見事情不簡單。

成親大步走向不是回家的路。

為了不被發現，與他保持一段距離跟在後面的昌浩，覺得他的背影飄蕩著明顯的怒氣。

國成兄弟說的話閃過腦海。昌浩心想不可能，卻還是不免懷疑哥哥對大嫂怨氣真的這麼深嗎？

「看他那樣子，不像是跟哪家的小姐搞外遇。」

小怪點頭贊成勾陣說的話。

「是啊，沒有人會那麼氣沖沖地去搞外遇。」

昌浩眨了眨眼睛，不太能理解是不是這樣。

看到昌浩似乎有疑問，小怪舉起前腳說：

「譬如……呃……」

小怪蹙起眉頭，沉吟了半天。不能用彰子來當例子。有沒有其他昌浩認識，又很喜歡的對象呢？

「譬如你要去見伊勢的公主、或海津島的齋時，臉會那麼臭嗎？」

昌浩凝視成親，沉吟著搖搖頭。

「擺著臭臉去，對方可能會介意，也很失禮，所以我應該會留意。」

「對吧？所以，侍女們的猜測都是無稽之談。」

原來如此，的確是這樣。

「女婿大人惹惱了對女兒、孫子都很溫柔的大小姐，當然會成為眾矢之的。不過，那小子到底要去哪裡？」

勾陣疑惑地偏起頭，小怪也滿臉狐疑。

「前面沒有像樣的貴族宅院啊。」

原本以為他要去哪個貴族的宅院，看來是猜錯了。

烏鴉的高音叫聲，響遍黃昏的京城。如回音般交疊繚繞後消逝的叫聲，告知了夜晚的到來。

沐浴在橙色陽光下的成親，停在一棟荒蕪頹圮的小宅院前，表情有了變化，像是在確認什麼。

那是一間大門破損、牆壁半傾倒的小小荒廢寺廟。

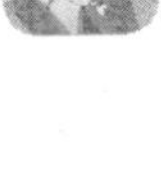

成親環視過周遭後才走進裡面。

「我繞到後面，小怪，前面就拜託你了。」

「知道了。」

隱藏氣息的小怪溜進門裡。昌浩和勾陣一起繞到後面。從崩落的牆壁破洞鑽進裡面一看，雜亂叢生的草都開始枯萎了。

躡手躡腳地撥開草叢往前走，就看到有間破破爛爛、已經傾斜的神殿，好像隨時都有可能崩塌。

神殿裡響起嘎吱嘎吱的傾軋聲。從崩落的牆壁縫隙，可以看到成親邊懊惱地咂著舌，邊不耐煩地撥開蜘蛛網。

「也不是這裡……」

嚴峻低吟的成親，半狂叫起來，只差沒氣得抓頭。

「啊啊啊，可惡！」

「唔……！」

昌浩不由得往後退。就在這時候，響起踩斷枯枝的聲音。

成親在縫隙那一頭，詫異地皺起眉頭，往這裡看過來。

嚇得全身僵硬的昌浩來不及反應，逃走前就被成親發現了。

從牆壁縫隙往這裡看的成親，看到臉部抽筋呆在那裡的小弟，瞇起了眼睛。

「喂，小弟。」
「是……」
「冒昧請問，你在那裡做什麼？」
被盯住的昌浩驚慌失措。
「沒有啦……就是……散個步……」
「散步散到這裡也太遠了吧？」
「唔……我想……偶爾去一下平常不太會去的地方……」
成親的雙眼發直。
「哦哦哦？」
像是從地底下傳來的可怕聲音。
昌浩覺得背部直冒冷汗，滴滴答答地往下流。
「我跟蹤了哥哥，對不起！」
看著斷念後差點跪下來叩頭謝罪的弟弟，成親無言地嘆息，擺出叫他進來的動作。
「喂、喂，不管發生了什麼事，都不要恐嚇昌浩嘛。」
從另一個方向進來的小怪，看到兩人一連串的應對，把眼睛瞇成了細縫。
成親冷哼一聲，霸氣地說：

「我的弟弟居然會做出跟蹤我的卑鄙行為，我可沒把他教成這種人。」

「你沒教過他吧？」小怪毅然反嗆回去，甩一下尾巴說：「你也聽聽他怎麼說嘛，這件事的起因是你。」

「我？」

成親反問，昌浩點點頭，大略帶過侄子們說的話。

沒注意到兒子們心事的成親，也不免露出了尷尬的表情。

他深深嘆息，用手拍著後腦勺，顯得侷促不安。

接著把倒在地上的憑几立起來，拍掉灰塵，一屁股坐下來，把手肘粗魯地靠在憑几上。

看著他那樣子的勾陣猛眨眼睛。

「你好像又變回行元服之禮前的調皮小男生了。」

成親瞥勾陣一眼，但什麼也沒說，就撇開了視線。

感覺到哥哥的焦躁，昌浩如坐針氈。原來哥哥也有這麼焦躁的時候啊，他開始思索這些有的沒有的事。

沉默了好一會的成親，最後沮喪地垂下頭，嘆了一口大氣。

「昌浩……」

「是。」

「對不起，幫我個忙吧。」
「啊？」
昌浩不由得反問，成親抬起頭又說了一次：
「幫我個忙吧，我現在非常煩惱。」
所有人都愣住了，張口結舌。
成親滿不在乎地說出了驚天動地的事。

◇　◇　◇

安倍晴明體內流著異形的血。有很多妖怪害怕他的血，但也有很多妖怪想喝下他的血。
那天，因為某種理由，成親單獨一個人走在京城某處。
太陽還高掛在天空，他也打算馬上回家，所以應該沒什麼好擔心的。
途中，遇見一個虛弱的老人按著胸口蹲在路上，他就走過去問老人怎麼了。
老人說他是附近寺廟的雜役，只要回去休息就沒事了。於是，成親就扶他回去了。
不料，那居然是陷阱。

◇　◇　◇

成親誇張地嘆了一口大氣。

「我也曾經是個老實、溫和的少年呢。那個妖怪利用我的善良，不費吹灰之力就把我騙到了某個地方。」

幸虧他在千鈞一髮之際築起了結界，妖怪才沒辦法對他下手。

但那裡是妖怪的地盤。

要看妖怪的妖氣先用罄，還是成親的靈氣先用罄。

萬不得已時，只好背水一戰，使用威力雖驚人但也會對術士產生強烈反彈降魔咒文。就在成親這麼下定決心時，妖怪提出了交換條件。

——只要你答應把你的第四個孩子給我，我就放你走。

為什麼是第四個？

妖怪饒舌地解答了成親的疑惑。

繼承安倍晴明血脈的人，越後面出生的人擁有的力量越強。你最下面的弟弟不就是這樣？所以，第四個孩子一定擁有驚人的力量。把這個孩子吃下去，不知道可以獲得多大的力量呢。

怎麼樣，這主意不錯吧？

對於妖怪提出來的條件，成親默然沉思。

「哥哥，你是怎麼回答的？」

昌浩大驚失色，成親不假思索地回應：

「我對它說好啊。」

小怪走到前面，瞪大眼睛，替語塞的昌浩說：

「喂，你在想什麼啊！」

成親賭氣地說：

「既然它指定要第四個，那麼，我只生三個不就好了？」

「什麼……」

小怪啞然無言，勾陣在它後面半感嘆地說：

「也對啦……的確是那樣。」

不過，該怎麼看這件事呢？

陷入絕境中，竟然還想著賣弄口舌欺騙妖怪，是不是該稱讚他有這樣的膽量，不愧是安倍晴明的孫子呢？

小怪仰望天花板。

「真受不了你，不知道該說什麼……」

「你這不是說了嗎？」

「不要耍嘴皮子，你這個蠢蛋！」

小怪忍不住大叫，成親望向其他地方，搔著太陽穴一帶。

他說得滿不在乎，其實很後悔自己那樣的行徑。

呆呆聽著他說話的昌浩，好不容易振作起來，舉手發問。

「那件事跟現在這件事有什麼關聯呢？」

成親合抱雙臂笑了起來。

「嗯，問得好。」

但是，昌浩發現他的眼睛完全沒在笑，不由自主地抓住了站在旁邊的勾陣的衣服下襬。

「我家太座作了奇怪的夢，你們都聽說了吧？」

「聽說了。」

「應該是第四個孩子一直沒出生，所以那個妖怪來找麻煩了。」

昌浩瞠目結舌。

「啊……！」

大嫂說過夢中的神諭。

她說最近會再懷上孩子。那孩子是為履行約定而生的尊貴生命，總有一天要放手，但不用悲傷。

那絕對不是神佛的神諭，但內容沒有錯，因為的確有那樣的承諾。

昌浩覺得頭暈目眩，腳步踉蹌了一下。

勾陣撐住了他的肩膀，但她的表情也是百感交集，眼神有點苛責成親。

邊用前腳按著額頭邊嘆息的小怪，用帶著些許責備的語氣詢問：

「那麼，你這幾天都在做什麼？」

啞然失笑的成親，維持合抱雙臂的姿勢回答：

「會演變成這樣，都怪我當時沒有消滅那隻妖怪。既然這樣，趕快把它找出來，降伏它不就沒事了？」

「……」

小怪暗自思索。

妖怪相信承諾，安安分分地等著那麼一天，直到現在才來催成親趕快生第四個孩子。怎麼覺得身為陰陽師的成親，比那隻妖怪還要毒辣？

它知道這麼想不對，但就是很難不對妖怪產生幾分同情。

不過，再怎麼說，都是為了得到安倍家的血而襲擊成親的妖怪不對。要不是它那麼貪心，現在也可以安穩地活著。

但是，妖怪的安穩，就是人類的不安穩。所以，如成親所說，降伏妖怪應該是目前所能選擇的最佳策略。

應該是。

「……」

為了說服自己，在內心不斷尋找這種、那種的藉口的小怪，沒有察覺自己的背影莫名地陰沉。

終於回過神來的昌浩，振作精神開口說：

「我該怎麼做呢？」

這時成親才露出真的很苦惱的表情。

「我完全不知道那隻妖怪在哪裡，你幫我占卜，順便把騰蛇借給我。」

「等等，你趁亂胡說什麼？」

小怪的夕陽色眼眸激動到閃閃發亮，成親縮著肩膀對它說：

「因為靠我的力量能不能降伏妖怪，老實說值得懷疑。」

「怎麼會……」

昌浩正要插嘴時，成親舉起一隻手制止他，淡淡地說：

「我決定不要太高估自己。在不知道做得到、還是做不到的狀況下孤注一擲，絕非上策。」

說得一點都沒錯。假如成親判斷錯誤，結果力有未逮，就會害到家人。

「有爺爺那樣的力量，就能靠自己設法解決，但這是不可能的。」

成親對自己的評價，有時會給人是不是太過嚴苛的感覺，但絕對沒錯。

神將們都知道，這就是成親之所以能勝任安倍家長兄的原因。

看到小怪和勾陣拋來有話要說的眼神，成親馬上豎起右手的食指說：

「因此，我必須靠騰蛇的火焰使出一擊必殺技。據我判斷，沒有任何戰術可以勝過這個必殺技。」

「等等，那叫戰術嗎？好像不是吧？」

「所以，昌浩，騰蛇借我一下。」

昌浩滿心佩服地說：

「既然這樣，請用。」

小怪豎起了全身白毛。

「為什麼沒問過我，就把我借出去了？」

「喔，不愧是我弟弟，謝謝你啦。」

「可是，我對占卜沒什麼自信。」

「哦？那麼，我們兩人一起占卜吧。總不能把昌親也捲進來，那就對不起他了。」

三兄弟中，排行中間的昌親最擅長占卜術。

「說得也是，他要是知道這件事，會很擔心吧。」

「喂，你們兩個！都不用想想我的感覺嗎？」

勾陣拍拍怒不可遏的小怪的背說：

「死心吧，騰蛇，成親變成那樣就沒救啦。」

「～～～」

小怪氣得肩膀哆嗦發抖。

兩人一起占卜出來的卦，顯示妖怪就在右京郊外的殘敗神殿。

一行人到達那裡時，夜幕已經完全覆蓋了天空。

過了逢魔的黃昏時刻，現在是妖魔的時間了。

提高警覺走到神殿前面，正要爬上樓梯時，從地板腐朽到處是破洞的神殿中央，升起幢幢搖曳的煙霧。

煙霧轉瞬間膨脹起來，呈現出奇怪的形狀。舉例來說，很像青蛙。模樣就像山椒魚的頭，擺在青蛙的身體上。

腥臭味彌漫。跟這隻妖怪正面對決過的成親，當時還沒行過元服之禮，年紀大概比現在的昌浩還要小一點。

如果是自己，可以活著逃走嗎？

這麼想的昌浩，直覺反應的答案是「否」，完全不覺得自己辦得到。

妖怪看到成親目中無人地瞪著自己，驚訝地張大眼睛說：

『喂，孩子還沒出生啊？快生出來給我啊。』

「目前還沒有計畫要生。」

成親冷冷反嗆回去，把妖怪氣得臉部扭曲，低聲嘶吼。

『你身為陰陽師，卻想違背言靈的約定？』

「我沒想違約，只是還沒生，沒辦法交給你。」

妖怪氣得全身通紅。

『你騙了我?!』

「是你自己說要第四個孩子啊，我只是回答你第四個孩子可以。既然沒有第四個孩子，就不算是我騙你。」

小怪暗想這分明是詭辯嘛。

妖怪邊膨脹邊叫吼：

『可惡的陰陽師，那麼我要你的其他小孩！』

「你這樣才叫違背言靈，你要違背你與陰陽師的約定嗎？」

聽著始終冷冷以對的成親的口才，勾陣不禁同情起妖怪。

元服前的成親藉由詭辯，逃出了困境。那之後經過了好幾年，他累積了種種經驗、見識過種種場面，說得不好聽是變得狡猾了。

昌浩心想，這樣的形容或許不對，但哥哥的膽識完全不一樣了。

與妖怪堂堂對峙的成親，毋庸置疑就是安倍晴明的孫子，而且如出一轍地繼承了辛辣且無情的部分。

這是成親絕不讓家人看見的陰陽師的另一面。

妖怪大聲咆哮。

『可惡的陰陽師……！既然這樣，我就吃掉總有一天會生下孩子的你的妻子，用來替換你的孩子！』

昌浩怒火中燒，想衝到前面。

就在這一剎那。

成親把昌浩推回後面，猛然結起了刀印。

環繞他全身的氛圍驟變。

「哦……？」

成親就回了這麼一句。

光聽到這句，昌浩全身就顫抖起來了。

不帶絲毫激情的聲音，唸起了酷烈、冰冷、凍結的咒文。

「此術斷卻兇惡，驅除不祥——」

小怪抓抓耳朵下方，半瞇起眼睛說：

「他根本不需要協助吧……」

而昌浩恐怕是第一次看到，不太使用驅邪降魔術的哥哥認真起來的模樣。

◆　◆　◆

很晚才回到家的成親，在東對屋坐下來，深深嘆了一口氣。

篤子從屏風後面偷窺丈夫的樣子。她怕跟丈夫說話，丈夫也不會回答，所以剛才很猶豫該不該進對屋。

成親從來沒有看起來這麼疲憊過，頭髮還凌亂地掉在額頭上。到底發生了什麼事？

聽見屏風布幔與衣服的摩擦聲，不由得往那裡看的成親，發現妻子滿臉掙扎地站在那裡。

篤子慌忙轉身想離開，卻聽見叫喚她的聲音。

「篤子。」

她還以為聽錯了，吃驚地回過頭，看到成親砰砰拍著自己身旁的坐墊。

她戰戰兢兢地在那裡坐下來，轉向好久沒這麼近看的丈夫。

成親呼地吐口氣，就倒在她肩上了。

「成親大人……？」

「我有點累了。」

這麼喃喃低語的成親，說完就閉上了眼睛，下眼皮帶著濃濃的疲憊感。

那是不會讓父母、兄弟、孩子們看見的一張臉。

「成親大人……你怎麼了？」

「我在思考某些事，所以暫時斷絕了最珍愛的東西——好痛苦。」

篤子聽不太懂他在說什麼，但看到他疲憊成這樣，就知道他一定經歷過很大的折磨。

「那真是……辛苦你了。」

「嗯，明天我要休假。」

篤子正想說「你又來了」，就發現成親已經睡著了。

「真拿你沒轍……」

低聲嘟囔的篤子，臉上浮現無奈與安心交織的笑容。

不停走在回安倍家路上的昌浩，嘆了一口氣。

「我知道哥哥很厲害，但沒想到那麼厲害。」

「是啊。」

坐在昌浩肩上的小怪回應。

在昌浩出生之前，他是被當成晴明接班人的男人，當然厲害啦。

「不過，哥哥為什麼不跟大嫂說話呢？」

現身的勾陣回答了這個問題。

「因為斷絕最珍愛的東西，就能放大靈力。」

昌浩眨了眨眼睛。

「啊……原來如此。」

原來是這樣啊，這麼喃喃自語的昌浩，鬆口氣笑了起來。

終命之日

1

◇　◇　◇

——我說，晴明啊……

等命終之日到來，渡過河川去了冥府……

當時怎麼想得到，

那竟然會成為如此難忘的一句話——

◇　◇　◇

漆黑的世界恢復了光亮。

朦朧的視野，像是在水裡看東西，所有的輪廓都是模糊的。

「……明……！」

熟悉的聲音在很遠的地方響起。

因光線刺眼而瞇起眼睛的他，好不容易才慢慢張開了嘴巴。

「……天……后……」

喉嚨乾澀，不太能發出聲音。

做幾次呼吸，刻意把力氣注入喉嚨，就覺得火辣辣的痛感逐漸增強。

「唔……！」

臉扭曲變形了。不只喉嚨，全身都痛。扭曲變形的臉，也因為皮膚處處僵硬麻痹，又痛又熱。

原本恍恍惚惚的意識，痛到完全覺醒了。

「……大人……晴明……大人！」

忍著痛轉動眼珠子，就看到坐在枕邊的十二神將天后，抽抽搭搭地哭得像個孩子。

「天……后……妳……怎麼了……」

「請不要說話！我、我馬上請翁來！」

翁是統領十二神將的天空。外表是老人的模樣，所以被稱為翁。

他眨眨眼睛，意識到自己處於什麼樣的狀態下。

全身發燙。會這麼熱，是因為嚴重燒傷。

他拚命回想為什麼會變成這樣。

這是哪裡？我在做什麼？

對了，我是——

「天后……」

他張開眼睛，用嘶啞的聲音叫喚。

「是，晴明大人。」

看到自己的式神用手背拭著淚，他用顫抖的聲音問：

「……蓮……呢……紅蓮怎麼樣了？」

「他……」

天后的表情瞬間凝結，拉長了臉。

看到這樣，晴明的心就涼了半截。

全身的燒傷，是十二神將騰蛇放射出來的地獄業火造成的。

天后的眼眸淚光閃閃。她張著眼睛、抿著嘴，沒有回答。清澈透明的淚水，從她白皙的臉頰滑落。

保持沉默的她，眼眸顯現絕對的排斥意志。宛如在宣示，她不想回答、不想提起那個名字，連聽到那個名字都不願意。

晴明閉一下眼睛，改問其他事。

「岦齋呢？他怎麼樣了……」

神將搖搖頭說：

「對不起……我一直陪在晴明大人身邊，所以也不知道他在做什麼、狀況如何。」

從她的表情、聲音，可以知道她沒有半句謊言。

這時另一道神氣降落了。

「晴明啊。」

現身的是十二神將天空。

閉著眼睛的老人，在臥床的晴明身旁坐下來，沉重地開口了。

「你才剛從生死邊緣回來，但有件事我非告訴你不可。」

從老人凝重的表情，可以知道是非常悲哀的事。

要不要聽端看晴明的意思。如果他希望以後再說，天空會尊重他的意思，回異界等待時機。

但是，晴明知道不可以那樣，他有不好的預感。

可能是從氣息察覺晴明心意已決，所以老人轉向同袍說：

「天后，通知大家晴明已經醒了。」

「可是，翁……」

天后不願意離開主人身旁，天空又再囑咐她一次。

「太陰和玄武都很擔心，去告訴他們，讓他們放心。」

「知道了。那麼，晴明大人，我走了。」

不情願地聽命行事的天后，行個禮回異界了。

現場一時鴉雀無聲。

忽然，響起嗶剝的火焰爆裂聲。是地爐裡燒著木柴。

現在是下雪的季節，不生火取暖會凍死。

環視周遭，可以知道有結界覆蓋著整間狹窄的草庵。

晴明挖掘記憶，確認現在自己身在何處。

這裡是大雪紛飛的出雲深山。

「天空，岦齋怎麼樣了？」

天空淡淡地回答了晴明壓抑情感的喃喃低語。

「岦齋他——」

耳朵忽然聽不見了。

剎那間，晴明這麼覺得。

心臟撲通撲通震響，不知道為什麼加快了跳動的速度。耳鳴聲大作，他只能看著老人的唇形。

連眼睛都沒辦法眨。

天空發現主人的表情凝結，就沉默下來，緩緩張開了眼睛。

十二神將天空的最強的結界包圍了整間草庵。

那是一道銅牆鐵壁，不只外面，連待在異界的十二神將們都被隔絕了。

「天空……」

晴明大吃一驚。

收十二神將為式神以來，已經過了一隻手的手指頭數不完的歲月。在這段絕不算短的歲月中，他只有寥寥幾次看見這個老人張開眼睛。

天空發出了嚴肅的聲音。

「晴明，仔細聽我接下來要說的話。」

待在與人界重疊的異界的天后，感到十分困惑。

突然形成的結界，把晴明與天空的氣息也完全隔絕了。她完全沒辦法知道，他們兩人怎麼樣了、說了哪些話。

晴明才剛從死亡的深淵勉勉強強地爬上來。天后擔心這樣的主人，怏怏不樂。

她的心情就像被逼入了絕境，狀況不明令她侷促不安。

平時的她，不會恐慌到這種地步，因為她是十二神將。然而，現在的她沒辦法不恐慌。

她親眼看見身為人類的晴明被捲入火裡。

被捲入傳說會把所有生物燒成灰燼的地獄業火裡。遇上那種火，人類瞬間就會被燒死。

可以活下來，是因為她的主人不是一般人，而是擁有強大靈力的陰陽師。

在晴明醒來之前，她的心宛如凍結了，感情完全沒有反應。

燒燙傷的傷痕令人心痛的晴明，微微顫抖眼皮張開了眼睛。天后在看到這一幕的瞬間，緊繃的心弦才噗茲斷裂，淚如泉湧。

總算保住了一條命。天一靠移身術把晴明所受的傷盡可能都移到自己身上了，然而，晴明的傷勢嚴重到那麼做也只是聊勝於無。

熊熊燃燒的火焰殘影烙印在眼底，怎麼也揮不去。

灼熱的風。感覺一呼吸就會把肺燒掉的熱風，狂亂怒號，鮮紅的火柱衝上了天際。

抿住嘴唇的天后，雙手交握垂著頭，淚水滑過白皙的臉頰。

那是同袍放的火。

那是十二神將中最強的騰蛇的灼熱業火。

「騰蛇……！」

天后叫出纏繞著火焰鬥氣的同袍的名字，聲音裡充斥著厭惡和憤怒。

十二神將的天條，在他們誕生時就已刻印在靈魂深處，絕不能違反。

他們不能傷害人類、不能殺害人類。

是人類的想像實體化，才有他們的誕生。是人類的心製造出了他們。對他們來說，人類就像父母般的存在。

所以，不論擁有多大的力量，都不能加害人類。做出那種事，就會危及他們本身的存在。

即便是冠上神名，居眾神之末的存在，他們與神之間還是有這種決定性的差異。

而且，騰蛇犯下天條的對象，是十二神將視為唯一絕對的主人安倍晴明。

「天后。」

背後響起叫喚聲，天后回過頭去。

「白虎……」

看到天后的淚珠滴滴答答從臉頰滑落，白虎露出心疼的表情。

天后再也無法壓抑情感，向精悍的臉蒙上陰影的白虎哭訴。

「即便……即便被縛魂術困住，也不該……！」

她無法原諒騰蛇、無法原諒騰蛇犯下十二神將的天條。

更無法原諒騰蛇差點殺死主人。

無法原諒騰蛇要親手殺死的人，不是別人，就是安倍晴明。

白虎沉默不語。

豈齋的縛魂術，連晴明都自嘆弗如。騰蛇是被縛魂術困住，才會行兇，也是值得同情。

但是，即便如此，犯下了神將的天條也是千真萬確的事。

嗚咽啜泣了好一會的天后，似乎稍微冷靜下來了，嘶地深呼吸，抬起了頭。

「對不起，方寸大亂。」

「沒關係……難免的。」

天后擦拭眼睛，無力地垂下肩膀。

「晴明大人若有個三長兩短，我怎麼有臉面對若菜呢……」

眼前浮現在京城等著晴明回去的女孩的身影。

邂逅後兩心相許已經好幾年了，卻到現在都還沒有更進一步的關係。即便如此，女孩也沒責怪他或離開他，依然溫柔地對待他。

現在，若菜也是什麼都不知道，等著晴明和豈齋歸來。

天后握緊拳頭，咬住了嘴唇。

豈齋死了。

聽天空說，操縱騰蛇攻擊他們的主人後就不見蹤影的豈齋，被從瘴穴爬出來的怪物殺死了。

但是，就在天空等神將盡全力阻攔失控的騰蛇時，岦齋的遺體突然消失了。
聽說怎麼找都找不到，天空等神將就放棄了搜索。
天后猜想可能是被怪物吃掉了。
她的心好痛，腦中閃過岦齋天真爛漫的臉龐。
「為什麼會變成這樣……」
天后雙手掩面，悲痛地低喃。
晴明與岦齋是比誰都親近的好友，為什麼非造成這樣的悲劇不可呢？
岦齋是為晴明著想，才會要求同行。
忽然，一道神氣降落。
從人界回來的天空，現身在天后與白虎面前。
「翁，晴明怎麼樣了……」
老人對衝過來的天后嚴肅地說：
「他想要暫時一個人靜一靜。」
「一個人……？」
天后訝異地重複這句話，白虎走到她旁邊說：
「也許是想整理大腦的思緒吧，因為發生太多事了。」
「是的。」天空點點頭，用手杖輕敲地面，深深地嘆口氣說：「現在晴明需要的是休息，知道嗎？天后。」

「是……」

天后黯然垂下了頭。天空為了安慰擔憂的她，又接著說：

「我用我的結界把那座草庵完全包圍了，不會有危險。只要他願意，你們就可以聽見他的聲音，不用擔心。」

被看穿心事的天后閉上了眼睛。不想讓他一個人獨處，是因為不待在他身旁確定他沒事，天后就沒辦法放心。

但是，沒辦法放心是她自己的問題，不能推到晴明頭上。

「是，翁……請問晴明大人的傷……」

閉著眼睛的天空，神情凝重地點頭說：

「晴明自己說沒看起來那麼嚴重……他不想讓我們擔心，我們就尊重他的意思吧。」

一個人獨處的晴明，呆呆仰望著橫梁。

全身已經沒有剛醒來時那麼痛了。

可能是因為這間草庵充滿了天空的神氣。

紅蓮失去意志時的無情雙眸浮現眼底。然後，燃起了灼熱的業火。

被縛魂術困住的紅蓮攻擊了晴明，遍體鱗傷的晴明可以從那樣的火焰活下來，是因為在灼熱的火焰迸射之前，及時唸出了防火的咒語。

但是，原因應該不只是這樣。

在看著自己的金色雙眸底下、在那雙凍結的眼眸深處，晴明看到了搖曳的微弱火光。

即便中了法術，在完全被控制的意志的更深、更深層處，他的本能依然試圖守住自己被賦予的天條。

傷勢沒有記憶中那麼嚴重，應該是天一轉移到自己身上了。不知道她好不好？

晴明隱約記得，有兩個身影跳入了火裡。是朱雀和六合，不顧死活跳進了那團灼熱的火裡。

又哭又喊的尖叫聲，應該是來自天后和天一。

記憶被慢慢挖掘出來。

離開京城還不到兩個月。

——我雖然沒你強，但多少可以幫上你的忙吧？

爽朗地笑著這麼說的畫面，感覺並不是那麼遙遠。

「岦……齋……」

天空說的話，如冰般凍結在心底。

——岦齋死了，是我們的同袍騰蛇殺死了他。

老人的聲音沉重地迴盪，直直刺進耳朵深處，彷彿緩緩地撕開了傷口。

晴明的心莫名地平靜，感覺所有一切都沒有真實感。

這會不會是夢呢？

浮現這樣的想法，晴明淡淡笑了起來，是那種帶著自嘲意味的笑。

全身的傷不是以疼痛證明了這不是夢嗎？

以慢動作舉起右手的他，眨了眨眼睛。

蓋在他身上的是六合平時披在身上的深色靈布。

草庵裡充滿了天空的神氣。在包圍草庵的結界裡，也感覺得到玄武與太陰的神氣。

他不知道自己睡了多久。這段期間，是神將們竭盡全力，把他從黃泉路上拉了回來。

「振作起來啊，安倍晴明……」

他低聲嘟囔，用右手掩住了眼睛。

他必須重新站起來。

他把觸犯天條的騰蛇，全權交給了天空處置。因為他自己既是神將們的主人，也是當事者。

不知道道反女巫怎麼樣了？道反聖域和道反大神、守護妖們怎麼樣了？

智鋪宮司被殲滅了。是晴明親自殲滅了他，所以這點可以確定。

從瘴穴噴出來的瘴氣，還纏繞著這個國家，必須盡快做淨化。

恐怕要等傷勢好到某個程度，才能回京城。搭風將的風回去，雖然不會花太多時間，但太陰和白虎一定會堅決反對他現在動身。

還有、還有……

他尋找該思考的事。

這樣就不會去想不願想起的事。

但是，也不能從今以後一直逃避下去。

「……死了……」

天空說岦齋死了。

晴明剛開始聽不見天空說的話，是因為他的心拒絕接受那件事。

「……岦……齋……！」

咬住嘴唇的晴明，眼底浮現一個光景。

『……』

那是預言。

『預言說，我會——』

那是好幾年前的事，早已忘了。
因為認為那種預言絕對不會成真，所以丟在心底最深處，不曾想起來過。

2

它的預言一定會靈驗。

它的出生只是為了留下預言，宣告預言後，馬上就斷氣了。

這個妖怪叫做「件」。

◆　◆　◆

睡眠不足。

對現在的晴明來說，暖洋洋的和煦陽光簡直就是嚴刑拷打。

他必須打開陰陽寮裡堆積如山的文獻，把關於某妖怪的記載隻字不漏地抄寫下來，但春日般的陽光太催眠了。

而且，晴明堆滿書籍的矮桌，又正好擺在晒得到太陽的地方，背後被晒得暖呼呼，害他好幾次都差點闔上眼睛，拚命忍住了。

「好睏……」

他甩甩頭，想甩開睡意。再拍拍臉頰，振作精神。但是，這麼做也只能撐一下子而已。

不覺中，筆從手中滑落，在紙上畫下了不可思議的符號。

「唔……」

被筆掉落的咔噹聲驚醒的晴明，看到紙上如蚯蚓跳舞般的嶄新符號，嘆著氣把紙揉掉了。

不知道浪費第幾張紙了，他已經懶得算了。

「去洗把臉吧……」

按著眼角站起來時，響起了擔憂的聲音。

『晴明大人，你還好吧？』

是隱形的神將。

「不太能肯定地說還好……」

因為這三天都沒怎麼睡。

睡眠不足就算了，還在溫暖的陽光下靜靜地查資料，根本就是嚴刑拷打。

如果是四處奔波的工作，就可能還好。

嚴重睡眠不足，就會短暫失去意識。

他好幾次都這樣，心想不行、不行，就站起來喃喃說著剛才睡著了一下，其中一個神將卻哭笑不得地說他根本是昏過去了。

看四下無人就打了個大呵欠的晴明的背後，出現了兩個身影。
「晴明大人，今天請到此為止吧，這樣下去身體會受不了。」
「要是昏倒了，可不是鬧著玩的事，晴明。」
晴明稍微偏頭往後看，縮起了肩膀。
是十二神將的青龍和天后。還有其他神將也隱形待在附近，只有這兩個看不下去就現身了。
「喂，被誰看見就糟啦。」
晴明蹙起了眉頭，青龍冷哼一聲，斜站著說：
「沒幾個人看得見我們吧？」
「除了幾個賀茂氏的人之外，其他人的靈視能力都不強。況且，我們都壓低了神氣，除非有人的靈視能力比得上晴明大人，否則應該看不見我們，所以不必顧慮，請放心。」
晴明露出難以形容的眼神，對著老神在在地瞇起眼睛的天后苦笑。
可以自由調整要不要讓人看見，實在太厲害了。
收十二神將為式神，至今幾年了呢？晴明感覺這段歲月似乎不短，也似乎沒那麼長。
他們還有很多晴明不知道的力量。

晴明必須更提升自己本身的力量，才能激發出那些力量。
不論神將擁有多強的神通力量，成為式神後，就會被主人的力量左右。
晴明必須鍛鍊自己提升功力，才能徹底解放十二神將與生俱來的通天力量。

到達一定水準，神將們就能發揮天生的力量。

晴明原本就很有潛力，所以，只要做陰陽師的修行，取得知識，就能使用相當程度的法術了。如果他甘願只當個一般的陰陽師，的確是這樣就夠了。

然而，他把十二神將當成了式神，就必須達到最高水準。

他是在收神將為式神後才察覺這件事，所以不能回頭了。

他不只一次、兩次後悔收他們為式神，脫口而出說不該收他們為式神的次數，多到一隻手的手指也數不完。

這都要怪自己的能力不足，他不知道因此嘗過多少苦頭。

他曾想敷衍了事，看能不能矇混過去，但都沒得到期待中的結果。

直到最近才萬念俱灰，決定痛改前非，認真去面對。

會睡眠不足，是因為把已經知道內容所以向來都跳著看的書，這次從頭到尾仔細地看了一遍。

時間有多少都不夠用。

靈符這種東西，只要有足夠的知識，任誰都可以寫。但大家都說，晴明做的

靈符，比其他人做的靈符有效多了。實際上也是這樣，但仔細想想，那也只是因為跟他擁有的超群靈力成正比而已。

他這樣冷靜地評鑑自己，就覺得現在自己會使用的法術，很多其實都沒那麼厲害。

不論擁有多強大的力量，要能以最好的方式駕馭才有意義。若以蠻力駕馭，總有一天會出紕漏。

這麼一想，就覺得進陰陽寮後，自己白白浪費了很多時間。

若能有效利用時間與那裡的書籍，現在早已獲得相當的知識和本領。

現在才想到已經來不及了。

看到晴明沉著臉的模樣，天后擔心是不是有什麼事讓主人不開心，深深蹙起了眉頭。

「晴明大人……是不是有什麼事……」

被這麼一問，晴明才愕然回神，眨了兩次眼睛，交互看著滿臉不安的天后，和斜眼看著自己的青龍。

「啊，抱歉，我在想一些事情。沒什麼，不用放在心上。」

「可是……」

晴明嘆口氣，淡淡笑著說：

「真的沒什麼，只是在想這麼單調的工作能不能快點結束，心情有點灰暗，因為不結束就不能回家。」

聽完這句話，天后才鬆口氣，表情和緩下來。

這時候，上完課進入休息時間的陰陽生們從旁經過。

晴明移到外廊的邊緣，等他們通過。青龍和天后依然現身待在那裡。但陰陽生完全沒看見他們，有說有笑地走過去。

要有相當程度的靈視能力，才能看得見神將。可見，陰陽生們的能力雖然不差，但沒有相當程度的靈視能力。

擁有看得見神將的靈視能力，就足以證明擁有相當程度的力量。

也就是說，可以毫不費力地捕捉到神將神氣的晴明，擁有驚人的靈力，不愧是異形母親生下的孩子。

會茫然想著這些早已知道的事，是因為睡眠不足與單調的工作導致嚴重疲勞，他卻沒有這樣的自覺。

所以，沒注意到有個身影悄悄靠近了自己。

合抱雙臂保持斜站姿勢的青龍，動了一下眉毛，天后也眨了眨眼睛。

悄悄靠近的人，把手按在嘴唇上，做出「請保持安靜」的動作，偷偷走到晴明的後面。

有風。

「嗯……？」

隱約察覺有動靜的晴明，才一轉頭，就被戳中雙腿的腿窩，失去了平衡。

「哇?!」

從後面推的力道，使他的膝蓋彎曲，重心下墜，就那樣往前撲倒了。幸好青龍瞬間移動，抓住他的手臂，他才沒摔在地上。

「哇哈哈，你全身都是破綻呢，晴明。」

晴明回頭看高聲大笑誇耀勝利的人，低聲叫嚷：

「岦齋，你……！」

笑到不能再開心的年輕人，豎起左手的食指左右搖晃。

「不行哦、不行哦，即便這裡是陰陽寮，也是在魑魅魍魎橫行的皇宮裡。幸好這次是我，如果是一時起了邪念的妖怪，就很慘啦。對吧，神將們？你們也這麼想吧？」

「哦……」

天后曖昧地點點頭，不知道該怎麼回答。青龍目光如炬地瞥岦齋一眼，不予理會。

但岦齋若無其事地面對了他的眼神。青龍向來就是這麼不友善，沒什麼好在意的。並不是岦齋惹他不高興，而是他的臉原本就那麼臭。

「你會站在這裡，表示工作告一段落了吧？要不要休息一下？」

晴明皺起眉頭說：

「很遺憾，還沒有。」

「是嗎？」

「只是太睏了，所以離開現場散散心，該回去繼續工作了。」

晴明背對岦齋往後揮揮手，就走回了職場。

岦齋望著他的背影，沉吟著陷入了思考。

不由得留在現場的天后，訝異皺起了眉頭。

「岦齋，你在想什麼？」

「嗯……想一些事。」

岦齋留下不清不楚的話，轉身離開，不知道要去哪裡。

目送他離去的天后，疑惑地偏起頭，趕緊追上晴明。她的主人已經坐在矮桌前，開始對抗睡意了。

青龍靠在旁邊的柱子上，合抱雙臂，冷靜地開口說：

「他好像已經超過可以欺騙自己的極限了。」

「是啊……」

天后憂慮地看著很快就打起瞌睡的晴明，青龍嘆著氣說：

「把他打昏，扔進那個書庫兩個時辰吧。」

「這恐怕不太好……我也很想以晴明大人的身體狀況為優先，但是，陰陽寮的工作對晴明大人來說也很重要。」

『可是，這樣下去也做不了事吧？』

就近隱形的同袍插嘴說。青龍往那裡瞥一眼，半瞇起了眼睛。

「叫他今天不要來工作，他偏偏要來，自作自受。」

的確是這樣。

「真是的……」

臭著臉低聲咒罵的青龍，說話雖然難聽，卻是由衷關心晴明。就是因為擔心，才一直待在附近。

晴明當然也知道。

坐在矮桌前翻著書的晴明，眼皮就快掉下來了。提心弔膽地看著他的天后，忽然聽見同袍的聲音。

『欸，晴明的工作什麼時候才會做完？』

「要做到傍晚……所以再兩個半時辰吧。」

話才說完，外表是小女生的同袍就在她旁邊現身了。

「要這麼久？他那樣子一定撐不住，怎麼辦？」

是十二神將太陰。因為身高跟天后差很多，所以她纏著風飄浮在半空中。綁在頭部兩側的栗色長髮，隨風飛揚。天后的頭髮和纏繞在青龍身上的布，也被風吹得輕輕搖晃。

這時候，剛才不知道跑哪去的岦齋，端著一個碗回來了。

「喲，岦齋。」

飄浮在天后視線高度的太陰，兩手交置於背後，眨了眨眼睛。岦齋看見她，就揮起了空著的那隻手。

「太陰，好久不見，妳好嗎？」

「還好，你呢？岦齋。」

「我也還好。喂，晴明。」

岦齋開朗地回應後，抓住快要趴到桌上的晴明的衣領，把他拎起來。

有點呼吸困難而發出呻吟聲的晴明，緩緩轉過頭去，岦齋馬上把手裡的碗塞給他，對他說：

「喝吧，去典藥寮拿的，可以讓你清醒，很有效哦。」

「是什麼藥？」

晴明半瞇起眼睛確認。冒著蒸汽的液體有點黏稠，飄著不太熟悉的味道。既

然是從典藥寮拿來的，應該就是藥吧？但他不想喝下不清不楚的東西。

「是很濃、很濃的茶。我請典藥寮給我對清醒有效的東西，他們就給了我這個。」

據說是把茶的粉末煎過再熬煮。

「是茶啊……真的有效嗎？」

晴明表示懷疑，豈齋也「嗯～」地沉吟。

「這個嘛，我也沒喝過，所以不知道。」

「你……竟然拿這種莫名其妙的東西給我喝？」

看到晴明半張著眼睛瞪視自己，豈齋一臉無辜地反駁：

「你說那什麼話，這是我深厚的友誼的證明，你居然以那種深度懷疑的眼神來看待。」

「友誼？我不知道我們之間有這種東西。」

「拜託你知道嘛。」豈齋不由得正經八百地反嗆回去：「你應該坦然接受他人對你的親切。對吧？青龍、天后、太陰。」

被點名的神將們，瞬間彼此互看了一眼。

豈齋說的話是有點牽強，但有道理。

幾年前成為式神後，他們知道了一些事。

他們的主人安倍晴明，討厭與人相處又難搞。

看得出來，他對住在黑暗裡的妖魔鬼怪，比對同類的人類，更能掏心掏肺。

神將們知道他不完全是人類，身上流著一半異形的血，但對他們而言，那並不是問題。

最重要的是，他有沒有帶領他們的才能。

只要力量、心靈和意志都能配得上神將們的自尊就行了。

「豈齋說得沒錯，晴明，你乖乖喝下去吧。」

依然合抱雙臂的青龍說話了，晴明拉長臉轉頭看著他說：

「你是式神，我才是主人吧？青龍。」

「那又怎麼樣？」

面對冰冷的視線和語調，晴明默默嘆息。

他接過豈齋手中的碗，舔一口嚐味道。這是他第一次喝茶。因為茶是高級品，所以像晴明這樣的下級貴族很難買得到。

典藥寮的官吏會給這種東西，也未免太大方了。晴明總覺得其中有詐，不知道是不是自己想太多了。

「好苦……」

晴明的表情真的很苦，豈齋苦笑著說：

「良藥苦口啊，晴明。」

被晴明半張著眼睛瞪視的岦齋，一點都不受威脅。

他看看矮桌上寫到一半的紙、以及堆積在四周的書籍，好奇地眨了眨眼睛。

「喂，晴明，你從早到現在都在做什麼啊？」

晴明小口啜著熬煮成黏稠狀的茶，皺起了眉頭。

「有預兆顯示，幾十年才誕生一次的妖怪，又即將誕生了，我必須把與妖怪相關的記載摘錄出來做彙整。」

長官指示再小的記載都不能遺漏，所以，他正在搜尋陰陽寮設立以來的所有紀錄。

「哦，這是個難題呢……嗯？」岦齋拿起手邊的書籍，蹙著眉頭說：「這不是遠江國的史記嗎……總不會除了寮的資料，還要翻閱各國的紀錄吧?!」

晴明對瞠目結舌的岦齋輕輕點著頭說：

「很遺憾，正是那樣。」

不過，能掌握大約的時期，所以還好。

「再說，博士也知道很花時間，所以在完成前不會派給我其他工作。這麼一想，就覺得也算輕鬆。」

「不……不輕鬆吧？一點都不……」

好不容易喝完茶的晴明，把碗還給了目瞪口呆的豈齋。

「好像真的有效呢，頭腦比較清醒了，謝謝。」

「哦，啊，那就好。」

豈齋點著頭接過碗。晴明馬上別開視線，開始工作。要看的書還是那麼多，浪費多久的時間，工作就要延長多久。

看著啪啦啪啦翻閱紙張的晴明，豈齋發出了感嘆聲。

晴明翻閱紙張與追逐文字的速度，都不是普通快。

「看得那麼快也能看懂啊？」

「比追逐會跑的東西輕鬆多啦。」

晴明漫不經心地回答，豈齋卻是滿臉佩服。

只有青龍發現，主人翻書的速度，有一剎那慢了下來。

「——」

晴明的視力非常好，這都要歸功於擁有人類之外的血。不過，現在算是減弱了許多，小時候簡直是好到超越人類的範疇。

這件事神將們不是從晴明聽來的。

安倍家有各種小妖自由進出，它們長命又愛說話，不用拜託它們，它們也會自己講出很多事。

它們說：讓我來告訴你們，成為你們主人的那個人的成長過程。

其實它們是對十二神將太好奇，所以用那樣的名義來看神將。

率領十二神將，名為安倍晴明的年輕人，很討厭不同於一般人的自己。在陰陽寮工作時，他絕不會表現出那樣的情感，只有極少幾次可以從他言行舉止的小地方看出來。

神將們甚至覺得，晴明似乎很想趕快結束人生，他們不太喜歡他那麼頹廢的想法。

他們花了一段時間，才斷定晴明是值得追隨的主人，當然希望他可以活長一點。因為即使是短命的人，他也只有如同眨眼一瞬間般的時間能和神將們一起度過。

看晴明工作看了好一會的太陰，可能是厭倦了，忽然消失了蹤影。

岦齋驚訝地張大了眼睛。

「喂，太陰去哪了？」

天后聳聳肩，對四處張望的岦齋說：

「可能去皇宮探險了。」

「喲，沒想到她對政治有興趣。」

「不……不是政治，是對在這裡工作的人有興趣。」

神將們誕生至今，度過了漫長的歲月，但很少下來人界。

真的只有聊聊幾次會一時興起，從異界來看看人界的情況。但人類平時怎麼過日子、在想什麼，有時還是要就近觀察才會知道。

「最近聽她說，去寢宮的後宮到處看看很有趣，所以可能去了那裡。」

表情僵硬的岦齋，看著偏頭、雙手托住臉的天后。

「咦、咦……去寢宮的後宮……」

岦齋和晴明終其一生恐怕都進不了寢宮，即便是進得了寢宮的人，除非有特別狀況，否則也進不了後宮，太陰卻可以隨意進出。

十二神將太厲害了。不，他們只要隱形就看不見，所以也沒多厲害。也就是說，寢宮裡有魑魅魍魎四處流竄，也不是什麼奇怪的事。

聽到岦齋這麼說，一直默不作聲的青龍，難以置信地瞇起了眼睛。

「你現在才知道啊？」

政治中樞一定有異形和妖怪。

「不是啦，我是在想皇宮裡有陰陽寮、有陰陽師，怎麼可以讓異形之類的東西闖入。」

「真正有能力的陰陽師屈指可數，最好的證明就是沒幾個人看得見我們。」

「也對啦，不過，陰陽寮的官吏都被你說得面子掃地了。」

「賀茂氏那群人還算可以，但也只是比其他人好一點而已。」

「不過，大家都很努力啊。在這方面不給予表揚，就太可憐了。」

「我不覺得這種事值得同情。」

聽著青龍與豈齋對話的天后掩嘴竊笑。

這個同袍平時不太愛說話。會饒舌到這種程度，是因為他對這個年輕人類有一定程度的認可。

天后也一樣。真心誠意對待安倍晴明的人少之又少，其中年齡相近的就只有這個男人。

忽然，一直翻著書看起來很專心工作的晴明，低聲叫了起來。

「你們……要妨礙我工作到什麼時候？」

他眼睛半張地瞪著式神和同僚，發出來自地獄般的聲音。

「我說要做完工作才能回家，你們都沒聽見嗎？青龍，你想讓我晚上住在這裡嗎？」

「如果你想這麼做，我不會阻止你。」青龍滿不在乎地說。

晴明的太陽穴浮現青筋。

「我什麼時候說我想了？什麼時候？」

「既然不想就趕快做完。」

「你……你……你……你……」

晴明拿著書的手顫抖起來。

明明還有其他更順從、更嫻靜、更穩健的神將，為什麼每天、每天都是這個粗暴、面無表情、總是心情不好的神將跟在自己身邊呢？

人選不是由晴明決定。晴明沒有命令神將同行，是神將自己要同行。

今天回家後，他要向負責管理十二神將的天空抗議，絕對要抗議。

其實，他也不太喜歡跟天空對話。以軀體來看，青龍明明壯碩許多，但說到威嚴和壓迫感，天空卻比他強烈到有點不合理。

晴明瞥青龍一眼，咳聲嘆氣。

同行的神將，若是話比青龍更少、更沒表情、但待在附近也不會讓人分心的六合，或是體格看起來沒那麼壯碩的白虎，或是鮮少現身的騰蛇，應該會比較輕鬆。

「喂，我問你們……」

青龍和天后都轉向了他，他邊翻書邊漫不經心地問：

「為什麼很少看到火將騰蛇……就是被我稱為紅蓮那個。」

沒有人回答。

晴明不在意，又接著說：

「都說他是最兇悍的神將，但我並不覺得。雖然跟他交談的次數不多，但他給我的印象一點都不兇也不殘忍……嗯？怎麼了？岦齋。」

被戳肩膀的晴明抬起頭。
面有難色的岦齋，動幾下左手的大拇指，指向神將們。
晴明轉移視線，眨了眨眼睛。
青龍和天后的臉臭到不行。青龍的臉平常就很臭，但現在更臭了。
「喂，晴明。」岦齋悄聲說：「我想他們可能很討厭騰蛇，你想想，你也不願意提起或聽見討厭的人的名字吧？我覺得他們就是這樣。」
「……」
絕不可能是那麼幼稚的理由，但岦齋思索後卻得出那樣的結論。
晴明不由得沉默下來，岦齋「砰」的一聲，把手搭在他肩上說：
「你也有討厭的同僚吧？」
「不，我沒有特別討厭的同僚。」
「騙人、騙人，再怎麼樣都會有一兩個合不來，或是話不投機的人。」
岦齋合抱雙臂，「嗯～嗯～」地點著頭，晴明深思地看著他說：
「呃……是有很煩人的同僚。」
「對吧、對吧……喂，你那是什麼眼神？」
岦齋察覺眼睛半張地注視著自己的晴明，表情大有問題，就豎起了眉毛說：

「總不會是我吧？那個很煩人的同僚就是我？」

「你居然聽得出來呢。」

「你怎麼可以對你這麼親密、無可取代的朋友說這種話！」

「你什麼時候變成不可取代了？」

「啊——啊——啊——啊——你實在太不夠朋友了！哼，可憐的傢伙！」

豈齋用手臂遮住眼睛假裝嗚咽啜泣，但晴明沒理他，又繼續工作。再不趕工，真的要值夜班了。

豈齋邊裝出被晴明冷漠的態度傷害的樣子，邊側著頭跟他說話。

「喂，晴明。」

「幹嘛？」

「你說的妖怪是什麼妖怪？告訴我吧，我幫你查。」

在晴明旁邊坐下來的豈齋，拿起堆疊的書，啪啦啪啦翻起書頁。

晴明嘆著氣回應：

「你不用做自己的工作嗎？」

「啊，我大致做完了，剩下的延到明天也沒關係。說吧，什麼妖怪？」

不抱希望的晴明聳聳肩，把抄寫摘錄的紙張拿給豈齋看。

「是件。」

突然，岦齋的動作定住了。

晴明沒有察覺，又接著說：

「是人面牛身的妖怪，從牛體生下來，宣告種種預言後，馬上就死了。」

據說，件幾十年才誕生一次，它的預言一定會靈驗。

會宣告預言的妖怪很少見。而且，它們不會危害人類，宣告完預言就馬上斷氣了，可以說是很有用的妖怪。

這樣的妖怪件即將誕生的預兆，出現在六壬式盤的占卜中。沒辦法連地點都知道，只知道時間大約在三天以內。

「萬一誕生在遙遠的西國或東國，那麼，即使知道是在三天之內，也來不及了。可是，上司交代我查……岦齋？」

看到岦齋完全沒反應，晴明也察覺不對了。

「怎麼了？你的臉色不太好呢……」

岦齋的視線停在半空中，動也不動，似乎茫然地思索著什麼，根本沒在聽晴明說話。

「岦齋，喂，有沒有聽見我說的話？」

晴明連叫好幾聲，岦齋才眨了眨眼睛。

「啊，你說什麼？」

岦齋的眼睛好不容易才對準了焦點，晴明訝異地詢問：

「怎麼了？聽到件的事就突然變成這樣，太奇怪了。」

「沒什麼……就是、呃、在想一些事。」

岦齋很少會以這種語焉不詳的口吻吞吞吐吐地說話。

青龍和天后看到他那樣子，也都疑惑地瞇起了眼睛。

岦齋啪啦啪啦翻著書，斷斷續續地接著說：

「我故鄉的人……看過件，然後，就……」

聽到岦齋出人意料的告白，晴明張大了眼睛。

「看過件？什麼時候？在哪？」

低著頭的岦齋欲言又止，支支吾吾地說：

「是我故鄉的……長老家的牛……生下來的……大約在我出生的時候，所以將近二十年前了。」

晴明的視線很快掃過紙上摘錄自書籍記載的年代。

件出現的週期，確實是二十年到五十年。件是在岦齋小時候出現過，所以現在再度誕生也不奇怪。

「當時宣告了什麼預言，你聽說了嗎？」

興致勃勃的晴明更深入詢問，岦齋露出了複雜的表情。

「聽是聽說了……但那時候還小，不太記得了。」

聽說是牛的身體、牛的脖子、連長著兩根角的頭都是牛的模樣，卻有著一張人臉。

那個詭異到不行的長相，在他腦中不斷盤旋。

『————————』

當耳朵深處響起件的預言，他的臉糾結起來，宛如咬到了很苦的東西。

「岦齋，你的臉又變得特別灰暗啦。」

被表情和語調都不太高興的晴明這麼一說，岦齋慌忙輕輕拍打臉頰。

「怎麼樣？恢復了嗎？」

「拍一拍就能恢復嗎？」

「這是心情的問題。晴明，你看，這裡也有記載。」

晴明瞥一眼岦齋遞過來的頁面，開始在紙上振筆疾書。

然後，晴明和岦齋都默默埋首工作。

因為全神貫注了好一陣子，工作比預期提早結束了。

晴明把一疊紙的底邊在桌面敲齊後，微微喘口氣，拍拍右肩。

「呼，完成了。」

「超出預期呢。」

岦齋爽朗地笑著說，晴明苦笑著點點頭。

「是啊，有你的幫忙才能這麼快，謝謝你。」

轉動脖子解除疲勞的岦齋，驚訝地張大了眼睛。

「青龍、天后，聽見了嗎？剛才晴明向我道謝呢。」

苦笑的天后、合抱雙臂斜站的青龍，都對回過頭來的岦齋點了點頭。

「這是好現象、真的是很好的現象。舉例來說，就像野生動物開始會吃人拿在手上的東西了，很像那種感覺。」

「誰是野生動物？」

半張著眼睛低嚷的晴明，在嘴巴裡喃喃自語：

是不是野生不知道，但的確是隻狐狸。

岦齋沒聽見他這句低喃。

晴明嘆口氣欠身而起時，響起了宣告工作結束的鐘鼓聲。

3

秋意越來越深了。

隨著日子的流逝，夜晚到來的時間逐漸提早。

染紅的西邊天空嬌豔美麗，瞬間沉沒的太陽仍戀戀不捨地露出半張臉。

漫不經心地望著夕陽的晴明，察覺風中飄著花香，忽地蹙起了眉頭。

是格外甘甜的花香。

「梅……花……？」

岦齋也從晴明的表情察覺有異。

「晴明？」

晴明皺起眉頭，舉起一隻手制止表情詫異的岦齋往下問。

現在是秋天，怎麼會有梅花香？應該只是香氣像梅花，並不是梅花。

有種感覺由下而上拂過頸子。

眉頭上的皺紋更深了。直覺告訴他，有不好的事正在發生。

「喂，晴明，這花香不太對勁。」

迎風飄來香氣，逐漸增強、增濃。

「你快回家。」

晴明直直朝風吹來的方向奔馳。

『晴明大人。』

他感覺隱形的天后與他並肩奔馳。

「花香裡帶著微微的妖氣，是在京城外，快走。」

靠風將的風移動會比較快吧？

晴明正在考慮要找太陰或白虎時，聽見另一個腳步聲與自己的腳步聲重疊。

回頭看到跑過來的年輕人，晴明張大了眼睛。

「岦齋?!」

就在他驚訝地停下來時，岦齋趕上了他，邊擦拭額頭上的汗水邊喘著大氣。

「終於追上你了。」

「我不是叫你回家嗎?!」

「你叫我回家，可是我沒答應啊。而且，好像有妖怪，我也要去。」

被岦齋直截了當地反駁，晴明差點反射性地破口大罵。

「你……!」

岦齋直視著橫眉豎目的晴明。

先別開視線的是晴明。

「隨便你……」
晴明說完就往前跑了。
「幹嘛忍住不說呢……」
以前的晴明會滿不在乎地撂狠話，最近卻常常像這樣把話吞下去。
在別人眼中，晴明或許是個想說什麼就說什麼的人，但他其實是跟他人劃清界線，不想讓他人踏入自己的領域，也不想踏入他人的領域。
晴明體內有某種東西，阻止他建立超越那條界線的人際關係。
長聲嘆息的岦齋，聽見神將在他耳邊說話。
『跑這麼慢會跟丟喔。』
他眨眨眼睛，看看四周。這個聲音很熟悉，但這是第一次聽到他說這麼多字的話吧？
「呃，是六合嗎？」
得到的回應是沉默。既然沒否定，應該就是正確答案了。
這個男人說話向來簡短扼要。可能是岦齋遇見他時，他都正好沒有發言的必要而已。不過，即使是這樣，還是很難得。
但岦齋與他之間的交情，並沒有好到可以對他說「很難得呢」。
那麼，想不想跟他成為好朋友呢？老實說，岦齋也不知道，因為他們畢竟是非人的存在——

「……」

忽然，岦齋的表情蒙上了陰影，眼神變得嚴肅。

——記住了，岦齋，你……

離開故鄉的前夜，長老對他說的話，浮現耳底。

岦齋甩甩頭往前衝。

「晴明，等等我！」

件的預言一定會靈驗。

岦齋邊跑邊低聲叫嚷。

「我才不相信件的預言……！」

他拚命跑，漸漸縮短了與晴明背部的距離。

他們奔馳的方向是西邊。從出京城到現在，已經過了很久。

原本是夕陽的天空，被黑夜浸染，皓皓灑落的月光照耀著腳下。

岦齋追上來並肩齊跑時，晴明似乎也拿他沒轍了，只是直直看著前方，什麼也沒說。

忽然，兩人都有種奇妙的感覺，好像穿越了看不見的牆壁。

兩人不由得停下來，喘著氣環視周遭。

他們站在黑夜覆蓋的樹叢中。樹葉掉光的樹木，只看得到聳立的黑影，在夜氣中顯得有些淒涼。

「香氣……」

薰鼻的濃濃花香團團包圍了晴明他們。

小心翼翼前進的兩人，看到暗夜中朦朧地浮現出一棵大梅樹。

樹齡大概有幾百年了，是大得可怕的梅樹。所有樹枝都密密麻麻地結滿了花蕾，樹枝前端的花蕾都開花了。這就是香氣的來源吧？

「這裡有梅花？」

有這麼壯觀的樹木，即便是在京城外，應該也會在喜歡附庸風雅的貴族之間成為話題，卻從來沒聽說過。

感覺背脊一陣冰涼。

晴明迅速地掃視周遭。

「晴明？」

看到晴明突然顯露殺氣的樣子，岦齋滿臉驚訝。

「剛才有東西看著我們……不，現在也在看。」

盤根錯節纏繞般的視線投射在他們身上。

有棵連高大的男人也無法雙手環抱的巨木，樹幹直徑大約一丈粗，看起來像是融入黑夜的暗深色。
樹枝上綻放的花朵也是暗深色。
花香越來越濃烈。每吸入一口，濃密的香氣就充塞肺部，思考也逐漸變得散漫。
忽然一陣暈眩。晴明甩甩頭，想甩掉那種感覺，卻發現視野角落似乎有鮮豔的色彩。
他反射性地往那裡望去，看到巨木前站著一個女人，用扇子遮住了臉。
「女人……？」
女人移開扇子，露出了嘴巴。白皙臉上的鮮紅嘴唇嫣然一笑。
吹起了風。香氣更強了，巨木的樹枝哆嗦震顫。嘩地一聲，花全開了。
地面開始搖晃。晴明倒抽一口氣往下看時，從地底下竄出無數的樹根纏住了他的腳。
「糟糕……」
太靠近了。長期過度工作的晴明，反應因為疲勞變得遲緩，腳被鑽來鑽去的樹根纏住，沒辦法動了。
「晴明！」
及時往後跳而逃過一劫的岦齋驚慌失色。

晴明大叫：

「快逃，昌齋！」

幾條樹根從土裡啵啵啵地冒出來。昌齋邊拚命閃躲，邊怒吼：

「我怎麼可以丟下你不管！」

有小孩子手臂那麼粗的樹根，纏住了晴明的脖子。

「不用管我，你快走！……這棵樹八成是妖木，靠吸食人類的精氣讓花朵綻放！」

他想起今天在查件的資料時，看到了一則記載。

是關於黑色的巨大梅樹。人們聞到花香就會想睡覺，然後在睡夢中被吸光精氣而死。

因為是在幻覺中死去，所以沒有人會察覺發生了什麼事。

「我今天看的書裡，有關於這棵樹的記載。京城有危險……你快回去，把這件事告訴老師！」

晴明和昌齋的老師賀茂忠行，是當今最偉大的陰陽師。

「可是……」

「我叫你去你就去……！沒時間了……！」

「怎麼了……？」

樹枝嘩啦嘩啦搖晃，同時響起了女人的大笑聲。

『夜晚一結束，京城裡所有的人就死了……！』

岦齋震驚。

「妳說什麼?!」

『聞到這個香氣的人，都會沉沉入睡，最後成為我的糧食。』

黑色巨木開始搖晃。每搖晃一下，花就綻放，香氣四溢。

他發現晴明的神情不對。被樹根攫住的晴明，臉上逐漸失去了生氣。

「岦……齋……快……回京城……」

極力防止頭腦被香氣薰昏的他，頓足搥胸地大叫：

「可…惡……！」

就在他要轉身離開時，地面出現了劇烈的波動。

晴明揮開快要淹沒思緒的昏沉，結起手印。

「嗡……阿比拉嗚坎、夏拉庫坦……！」

晴明一念起真言，從土裡竄出來的樹根便應聲碎裂了。

背上都是碎片的岦齋拔腿就跑，晴明的咒語摧毀了企圖攔阻他的樹根。

「晴明！我一定會回來，一定會回來……」

岦齋一面用袖子掩住口鼻，以免吸入窮追不捨的花香，一面用右手結印。

「在那之前，你要撐下去，晴明！」

他揮下了高舉的刀印。

「裂破！」

看不見的牆壁被斜斜劈開了，岦齋從那裡連滾帶爬地衝出去。

裂縫瞬間閉合，濃密的花香在牆壁的另一邊團團圍住了晴明。

「唔……」

睡著就完了，纏繞糾結的樹根會吸光他的精氣。

拚命保持清醒的晴明，聽見妖木魔音傳腦的笑聲。

他張開沉重的眼皮，看到用扇子遮住臉的女人逼近眼前。

妖木的化身放下扇子，露出了臉，是個美到令人害怕的女人。

因為自己是男人，所以妖木才變成女人的模樣吧？假如獵捕的對象是個女人，就會變成絕世美男子的模樣吧？

女人把臉湊近這麼胡思亂想的晴明，歪著嘴巴說：

『傻男人……』

白皙的手指直直伸過來，從晴明的臉頰往下滑到下巴。

『他說他會回來，你真的相信了？』

晴明張大了眼睛。

沒錯，豈齋說他會回來。他說他一定會回來，所以要自己撐到那時候。

特地再折回來，又能怎麼樣呢？

自己曾叫他回家，他卻不聽，執意跟來，受到牽連，費盡千辛萬苦才脫離險境。只要逃到妖木的花香到不了的地方，就能保住性命。

為什麼他說他要回來呢？

『他不可能回來。人類的一生只有虛偽，你也有過那樣的經驗吧？好聽的表面話只是經過修飾的虛情假意，用來隱藏真正的心思。』

女人把臉靠得更近晴明，細瞇起眼睛。

『那個男人會那麼說，是因為他知道，說了那句話，即使他不回來，你也不會恨他。你到最後都會相信，他只是來不及趕回來，並沒有拋下自己……人類就是這麼狡猾、醜陋的生物。』

骯髒卑鄙的生物，為了明哲保身，犧牲他人也不會心痛。

『人類的醜陋，就是讓花朵綻放得如此美麗的糧食。數量越多，樹枝就長得越茂盛、花朵就綻放得越美麗……你也想得出人類有多醜陋吧？』

晴明的表情僵硬了。

——異形的孩子。

——妖怪的孩子。

——聽說他擁有不可思議的力量。
——據說能讀人心。
——給人陰森、可怕的感覺。
——好猥褻。
——不要靠近我。
交頭接耳的聲音，不想聽也聽得見。
但是，一知道他的力量對自己有幫助，就一百八十度大轉變。表面上而已。
即使內心忌諱他、討厭他，為了利用他還是會對他露出虛偽的笑容。
這就是人類。他體內只流著一半這樣的血。
『你……不是人類吧？』
晴明的肩膀顫動了一下。
妖木的化身驚訝地微微張大眼睛，啞然失笑。
『太難得了……是兩者混合呢，難怪你的生命跟其他人類不一樣。』
只吸食一點點，妖力就湧上來了，是那種自己差點被擄獲的甘美生氣。
忽然，女人的眼眸亮了起來。
她把手貼放在晴明臉頰上，倏地往下撫摸。
難以形容的恐懼掠過晴明的背脊。

『我放你一條生路吧？』

「什……麼……？」

女人突然說出令人意外的話，眼睛閃爍著妖豔的光芒。

『你不算是人類，所以你根本不在意人類會怎麼樣，不是嗎？』

晴明沒有回答。

他自認為是人類，但也知道自己置身其中有些格格不入。

那樣的格格不入，成為他人無法靠近自己的牆壁。有權有勢的人明明討厭他，卻毫不猶豫地利用他，所以他打從心底厭惡他們的自私，這也是事實。

真正的想法被看透、被揭穿，他無法反駁。

『我放你一條生路吧……條件是用那個說會回來的男人的生命交換。』

晴明屏住了呼吸。

◆ ◆ ◆

腳被什麼纏住而往前撲倒的岦齋，臉先埋進了一堆枯葉裡。

半晌後，他全身沾滿枯葉跳了起來。

猛然回頭一看，後面什麼也沒有，只飄蕩著花香。

他呆住了。

「晴明……」

香氣越來越濃。隨風飄來的香氣，飄向了京城。

他趕緊仰望天空，觀察星星的位置，確定現在大約是什麼時辰。

被拖進異界的時間感覺很短暫，但實際上似乎比想像中更長，現在應該是亥時即將結束的時刻。

這時候，青龍和天后現身了。

「岦齋！」花容失色的天后，逼問驚訝地回過頭來的岦齋：「晴明大人呢？晴明大人在哪?!你是從哪冒出來的?!」

單腳跪在地上的青龍，顯得十分焦躁，激動地說：

「我們隱形跟隨在後，你們卻突然消失了。我和天后到處找，找了很久，到底發生了什麼事?!」

呆了好一會的岦齋，終於回過神來了。

「我們被拖進了妖怪做出來的結界裡……」

「晴明大人怎麼樣了?!」

岦齋對逼近自己的天后，擺出了一張苦瓜臉。

「他被妖怪抓住了……還在異界……」

天后發出了憤怒的叫聲，在她旁邊的青龍低聲咒罵：

「你居然拋下晴明，自己逃走了?!」

「不！」岦齋立刻大叫，站起來說：「京城有危險！晴明要我來通知老師……幫我逃出來了……」

對了，沒時間在這裡說話了，必須快點趕路。

「我要回京城，找出殲滅那隻妖怪的方法。」

晴明說他今天看的書裡面，有關於那隻妖怪的記載。那麼，說不定也記載了可以救晴明的線索。

這麼想的岦齋，忽然想到有比那樣更快、更確實的方法。

十二神將就在眼前。利用他們的力量，不就能輕易地剷除那棵妖木嗎？

「等等……青龍、天后，對你們來說，要殲滅一、兩隻甚或三、四隻妖怪，都不是問題吧？」

兩名神將眨個眼，點點頭。

即使是他們對付不了的妖怪，也還有十二神將最強與第二強的鬥將。只要召喚他們，應該就能應付。

他們畢竟是居眾神之末的十二神將，幾乎沒有他們打不倒的敵人。

「很好，這樣事情就好辦了。請你們摧毀結界，把晴明救出來。我沒辦法找出結界的場所，但是，你們應該可以感應到晴明在哪裡吧？」

對，這麼做就行了，不必特別趕回京城。只要神將現在殲滅妖怪，晴明和京城的居民就都得救了。

幸好有神將在。

面對岦齋充滿期待的眼神，兩名神將面有難色，視線飄忽不定。

「……」

察覺他們這樣的神情，岦齋訝異地皺起眉頭。

「青龍、天后，你們怎麼了？」

兩人彼此對看。經過無言的對話後，天后微微垂下眼睛搖著頭。

岦齋大驚失色。

「為什麼?!你們不是他的式神嗎?!」

聽從並回應主人的命令，是式神的義務。主人召喚，式神就要在主人身旁現身，完成任務。

「即使被結界阻擋、即使進不去，也應該知道他在哪裡吧？」

低著頭的天后，半晌才開口說：

「要晴明大人召喚我們才行。」

「這……」

沒想到是這樣，岦齋啞然無言。

天后說完，青龍也淡淡接著說：

「只要晴明召喚，不論任何地方，我們都會火速趕到，即便是結界裡面或異界。」

即便有妖力或法術阻擋，也能聽見召喚聲。聽見聲音，就能闢出道路。神將可以藉此找到主人的位置，朝那裡前進。

他們彼此許下過承諾。所以，無論距離多遠，神將們都能追上主人。

但是，有一個條件。

想到這個條件，岦齋瞠目結舌。

「等等……」

有個聲音在心裡迴盪說「不會吧」，否定了浮現腦海的思考。

「你們不是一直都待在晴明身邊嗎？」

天后黯然垂下了頭。

「待在他旁邊，有需要時，不就能隨時幫他嗎？」

「他也沒叫我們回去異界啊。」

剛才的「不會吧」的想法，變成了肯定。

岦齋不由得大聲叫出來。

「他總不會一次都沒『召喚』過你們吧？」

「不是一次都沒有！只是……」

天后激動的語氣緩和下來。

「不是沒有，只是……不常……」

語尾幾乎聽不見，她又垂下了頭。

岦齋知道晴明收十二神將為式神的經過。

當時，晴明的確召喚過神將們，的確「召喚過」。

但是，那之後，晴明幾乎沒有主動「召喚過」神將們。

他會叫喚神將的名字。但是，即使在與妖怪對峙時，他也不會召喚神將，寧可靠自己的力量解決。

這種事發生過太多次，所以，青龍和天后經常隱形跟隨在他身旁。

待在他附近，就可以憑自己的意志與判斷保護主人。

而晴明也沒有提出異議。

但晴明並不希望神將們這麼做，只是尊重他們的意志。

純粹叫喚名字，在無關緊要的聊天中是常有的事，但岦齋說的不是這種。

以普通的言語來叫喚神將的名字沒有用，必須當成言靈來叫喚才有意義。

驚愕逐漸轉變成憤怒。

「…………啊啊那小子……！」

情緒被點燃的岦齋，發出了怒吼聲。

「哇啊啊啊！那個、大笨蛋……！」

罵的並不是自己，天后卻滿臉歉意地縮起了身體。

青龍的眉頭皺得比平時更深，嘴巴緊緊抿成一直線。

他們都氣自己不中用。

明明就在附近，卻沒辦法排除逼近主人的危險。有他們兩個在，當然能召喚同袍們來這裡。但是，這麼做很沒面子。

再說，沒有晴明的召喚，其他同袍也一樣不知道晴明所在的位置，所以現在召喚他們來也沒意義。

發出無法形容的怒吼聲好一會的岦齋，咚咚跺地發洩怒氣後，轉頭對神將們說：

「我突然想到……有個好東西，所以我現在要回京城。你們雖然什麼都不知道，但我還是希望你們能想辦法找到晴明所在的位置，把他從妖怪手中救出來，然後把他打到趴。」

聽到出乎意料的話，神將們啞然無言。岦齋疾言厲色地說：

「他實在太可惡了，不能一拳、兩拳就饒了他。這是個好機會，要徹底矯正他的毛病。那個混帳，也太不信任我們了。」
不知所措到有點可憐的天后，對氣呼呼的岦齋說：
「不……不可能，我們要遵守天條，不能傷害人類，更何況，晴明大人是我們的主人，我們不可以那麼做。」
「我准你們那麼做。」
「不是那種問題……」
對臉色蒼白的天后撂下狠話的岦齋，轉過身去。
「時限是黎明，我會在那之前回來。你們最好可以在黎明前找到結界……總之，拜託你們了。」
岦齋說完後就奔向了京城。

4

離開故鄉那天的前一晚，身為故鄉長老的祖父給了岦齋忠告。

——千萬不要結交好朋友，岦齋——

虛歲七歲的春天，祖父告訴了岦齋。

在他出生那個晚上，件宣告了預言。

——你知道件嗎？你出生的那個晚上，那隻妖怪在這個村子出現了。

那是人面牛身的妖怪。

直直看著岦齋的祖父喃喃說道。

——件的預言都會成真。記住了，岦齋，你絕對、絕對不能結交好朋友……

結交了好朋友，預言就會成真。

所以不要結交好朋友。

如此冷酷、悲哀的話，是來自祖父對岦齋深摯的愛。

件的預言一定會靈驗。

岦齋心想——

既然如此，自己非打破這個預言不可。

◆　◆　◆

跑得氣喘吁吁終於回到京城的岦齋，發現那個花香已經彌漫到嗆鼻。

吸一口就頭昏眼花。

岦齋用袖口掩住口鼻，踉踉蹌蹌地走向陰陽寮。

「現在是……什麼時辰呢……？」

他仰望黑暗的夜空，觀看星星的位置，判斷還要兩個時辰才會天亮。

因為有暗中視物的術法，可以看得跟白天一樣清楚。

可以看到煙霧裊裊般的妖氣，那就是花香。

定睛仔細一看，有隨從躺在停下來的牛車旁邊，用來拉牛車的牛也彎下了四肢，定住不動。

坐在牛車上的主人也呈現昏睡狀態。

岦齋邊往前走邊思考。

現在京城裡清醒的人，大概只有自己一個吧？偌大的京城，只有自己一個人醒著。這種事恐怕是空前絕後，只有這一次了。

「只能有這麼一次，不然就慘了……」

可以看到妖氣捲起的漩渦包圍了自己。

「祓魔！」

岦齋唸誦咒文驅散妖氣，再拍打臉頰拉回不時遠去的意識。

響起了清脆的聲響，拍打的臉頰一陣刺痛。

「可惡……」

視野會暈開，是因為痛到淚水都流出來了。

終於走到皇宮了。

看守的衛兵也抱著長槍，蹲在地上睡著了。

篝火裡的木柴快燒光了。添加木柴是衛兵的工作，但是沒辦法，負責這個工作的人都睡著了。

「希望不會引起火災……」

幸好是個沒有風的夜晚，所以火還不至於延燒到其他地方。

到了陰陽寮，抓著欄杆爬上樓梯進入寮內，就看見四處都躺著值夜班的人。

每個人都動也不動。

「……」

這裡有這麼多人，卻只有自己一個人會動。

他並不害怕，只是不由自主地想起以前的事。

祖父叮嚀他不要結交好朋友的話，在耳邊響起。

在故鄉的村子裡，他沒有同年紀的朋友。

小孩子少也有關係，但最主要的原因是他盡可能不接近他們。

家人沒有因此冷落他，父母對他與兄弟姊妹的愛都一視同仁，親戚們也是這樣。只有跟他沒有血緣關係的人，不會接近他。

他到虛歲七歲才知道是因為件的預言。

會決定離開家鄉周遊各國，再到京城學習陰陽道，並不是因為討厭家鄉。

他有重要的使命。在完成使命的同時，他想把咒術傳回家鄉，並得到更多的知識，所以作了這樣的決定。

祖父也是岦齋的老師，把必要的知識都傳授給了岦齋。當岦齋提出要去京城的意願時，他也答應了。

但答應的條件是，囑咐岦齋不能結交好朋友。

岦齋默默聽祖父把話說完。

為了打破件的預言，到京城後進入陰陽寮的他，比以前更用心學習陰陽道。

然後，也遇見了周遊各國時聽說過的年輕人。

「體內流著妖怪的血啊……」

扶著牆壁往前走的岦齋喃喃低語。

關於他外表像普通人，其實母親是異形狐狸的傳說，傳得沸沸揚揚。又聽說他不愧是妖怪的孩子，靈力遠遠超越其他人。

也有揶揄「那不是靈力而是妖力吧」的人，不過會這樣說的，他認為必定是連靈視能力都沒有的無能之人，只是嫉妒罷了。

不論如何，岦齋純粹只是對擁有一半異形之血的安倍晴明感興趣。

假如他身上真的流著異形之血，那麼，是不是可以戰勝妖怪的預言呢？

這就是岦齋最初接近晴明的理由。

「到了……」

寮最裡面的書庫，是收藏種種咒具、法具的儲藏庫。

根據規定，沒有上司的允許不能打開。

然而，可以允許他打開的上司都睡著了。這是緊急狀況，就當成特例來處理吧。

「若是師父一定會這麼說……應該會。」

岦齋與晴明的老師賀茂忠行，並不是那麼嚴格的人。事後說明原委再道歉，應該就不會受到太嚴厲的懲罰。

如果救得了京城，一定不會受罰。

如果救不了，忠行、自己與晴明也去了另一個世界，還是不會受罰。

「呃……沒有……鑰匙。」

他連甩幾次頭，把逐漸渙散的思緒集中起來。

書庫是使用鎖頭與咒文封印的兩段式門鎖，很難靠蠻力破壞。

「糟了……不知道開鎖的咒文。」

想到這件事，岦齋全身虛脫。

他靠著門往下滑，癱坐在門前，雙手著地。

跑得要死要活，好不容易才到了這裡。

裡面有他無論如何都要拿到的東西，卻打不開門。

「唉……」

乾笑壓抑不住地湧上來。

話說回來，只要晴明「召喚」神將，自己就不用回來這裡了。

被妖木的樹根纏住時，立刻召喚青龍和天后，對他們下達命令，現在妖木已經被收服了。

「為什麼他什麼事都要自己來呢……」

岦齋喃喃低語，深深嘆息。

仰賴誰並不代表懦弱。人難免會有竭盡全力也做不到的事，這時候不必怪自己無能，因為每個人都有極限。

式神們都想為主人做事，偏偏那個主人似乎到現在都還不信任他們。豈齋判斷，其他神將不常下來人界，八成就是這個原因。

在意識朦朧中，豈齋緩緩握起了拳頭。

突然間，倦怠感席捲全身。

為什麼自己要為那種不相信他人的人回來這裡呢？

為什麼自己不逃走呢？逃到京城以外的地方，自己就可以獲救了。

特別想睡。身體好重，又睏又倦，無計可施了。

就此閉上眼睛，沉沉睡去，一切就都結束了，不會再有疼痛、折磨。

「反正……門也打不開……」

更何況，不管我怎麼敞開胸懷，那傢伙還是會與我劃清界線，我幹嘛非救那種人不可？

頭好重。心情越來越灰暗。黑漆漆的東西沉滯在胸口深處。

手腳都使不上力了。任憑身體往下墜落會好過一些。

垂下眼皮，放鬆四肢、把身體躺平了，接下來只要在沉睡中——

回音特別大的自己的聲音，在耳底深處作響。

「等等……」

自己的聲音？

岦齋及時阻止快掉下來的眼皮，低聲嘟囔。

感覺有東西在某處活動。

門打不開。走投無路了。回去也來不及了。那傢伙不相信我。回去也沒用。

「等等……」

在自己體內響起的這個聲音，真的是自己的嗎？

放棄吧、放棄吧。站起來也沒有意義。現在忘記一切，死了這條心，沉沉睡去，

接下來——

『只要等著成為糧食就行了。』

冰冷的感覺從脖子附近刺刺地滑下來。

岦齋奮力撐起身體。

有聲音。自己之外的什麼東西的聲音，在自己體內不斷地重複作響。

是說著「放棄吧」的呢喃聲。

「那不是我……！」

抓住鎖頭站起來的岦齋，咬住了嘴唇。

太大意了。不覺中，被附了身。

就在覺醒的瞬間，彷彿看見緊緊黏在身上的某種東西猙獰嗤笑的模樣。

「是那個……女人！」
是那個妖木的化身。
什麼時候被附身了？學習陰陽道的自己，隨時都會預防被附身。想必晴明也是這樣。
岦齋搖搖晃晃地站起來，甩甩頭。
穿過看不見的牆壁，被拖入結界內時，是唯一可能被附身的時候。
一般人都把附身這種事想得太嚴重，其實發生的頻率非常高。
大部分的人都被什麼東西附身了，只是沒有自覺而已。
陰陽師會召喚神明，借用他們的力量。這時候不叫附身，叫做降神，只是對象不同，現象都一樣。
岦齋把臉頰緊繃到極限，自嘲地低喃。
「可能是被件的預言影響了……」
遺忘了一陣子的件的預言，使他的心產生了一絲絲的縫隙。
「我的修行還差太遠了。」
這樣子當然不會被信任。
「我說過我會回去。」
我說過我一定會回去，叫他一定要撐到那時候。

他相信我嗎？只要他有那麼一點相信我的話，就一定能撐下去吧？

但是，如果不相信呢？

——絕對不要結交好朋友……

長老的話在耳邊響起。

在這之前，豈齋從來沒有過好朋友。

但是，那傢伙很可能是妖怪的孩子，不屬於人類，所以，說不定可以戰勝預言。

「絕不能輸給件……！」

豈齋抓著鎖頭嘎嘰嘎嘰甩動，屏住了氣息。

「用來阻擋不被允許者的無形之鎖，我以神之名義，令你如春雪融化般解除禁戒……！」

這是他瞎掰的咒語，只是把煞有介事的話語排列起來而已。

但是，裡面蘊藏的言靈、向神明祈禱的心意，都是真的。

「求求祢……！」

他閉起眼睛祈求時，感覺從鎖頭散發出來的阻擋波動倏地消失了。

他半發愣地低喃：

「我太厲害了，我的執念贏了……」

但法術解除了，沒有鑰匙還是打不開鎖頭。

他嘎喳嘎喳搖晃鎖頭，但鎖頭文風不動。

「可惡……！」

乾脆去搶在這附近熟睡的衛兵的長槍，把門敲壞。

岦齋抱著這種偏激的想法，正要轉身去找睡在地上的衛兵時，眼前出現了鼓滿風大大波動的栗色長髮。

「岦齋，找到你了！」

高亢尖銳的聲音震響。纏著風的年幼女孩，浮在半空中指著岦齋。

「太陰……？」

「是天后他們拜託我來的，他們說人類的腳程會來不及，叫我帶你去。」

青龍他們拚命搜尋晴明，但結界被花香遮蔽，到現在都還找不到。

「你要找的東西找到了嗎？不趕快找，天就要亮了。」

岦齋循著她指向東方天際的手指望過去，倒抽了一口氣。

藍色的天空逐漸從山邊轉為紫色，天就快亮了。

他抓住太陰的手說：

「太陰，摧毀這扇門。」

「咦?!」

連太陰都被這句沒頭沒腦的話嚇呆了。

「你在說笑吧？被晴明知道了會挨罵，我不能那麼做！」

「就是為了救那個晴明啊！」

太陰躊躇了一下，瞥一眼逐漸改變顏色的天空，似乎下定了決心。

「你要跟晴明解釋清楚喔。」

「我會的！」

從太陰全身迸出通天力量，周圍飄蕩的花香瞬間被吹散了。

被強風吹得搖搖晃晃的岦齋，抓住欄杆重新站穩了。

太陰把捲起的龍捲風高舉過頭，擲向了門。

颯颯怒吼的一團風，伴隨著嚇人的破壞聲響，把門連同堅固的鎖頭破壞得七零八落。

龍捲風沒有就此打住，又在書庫裡狂吹。擺在架子上的道具被捲起來在半空中旋轉、捲軸被吹開、書籍四處散落。頗有重量的佛像、神像，發出巨響倒下來，把昂貴的琉璃器具壓得粉碎。

當狂吹的龍捲風靜止時，書庫裡面的模樣已經慘不忍睹。

抓住欄杆看著這一切的岦齋，茫然地低喃：

「我……是不是……太衝動了……」

這裡面應該也收藏了不少超級昂貴的東西。

太陰站在全身僵硬的岦齋旁邊，一臉的尷尬不安。

「我一開始就說了哦，我沒辦法做到完美。」

岦齋只是叫她破壞門，是她自己用力過猛，顯然是她的錯。

但現在沒有時間爭論這種事了。

「突然颳起龍捲風，把書庫吹壞……是常有的事吧……應該是吧。」

這麼說服自己的岦齋，踏入了書庫裡。

他小心避開破掉的捲軸、損毀的器具，尋找某樣東西。

「不會被龍捲風吹壞了吧……」

想到最糟的狀況，岦齋臉色發白。太陰不清楚怎麼回事，但知道沒有那東西晴明就會有生命危險，所以也沉著臉快哭出來了。

「不會吧，怎麼辦……」

當她戰戰兢兢地環視書庫、扶起倒下來的雕像、撥開散落的書籍時，岦齋興奮的聲音在她背後響起。

「找到了！太好了，沒壞！」

「真的嗎?!」

太陰回過頭，看到岦齋抱著一個薄薄的四方形木盒，指著西方對她大喊：

「沒時間了！快帶我走，太陰！」

「看我的！走吧！」

猛然捲起的強風包住了太陰和岦齋。

◆ ◆ ◆

嗆鼻的花香逐漸模糊了思緒。

女人的聲音在腦內重複又重複地迴響，揮也揮不去。

『我放你一條生路吧……條件是用那個說謊話的男人的生命交換。』

你是身上流著異形之血的人。

人類不可能真心想要救你這樣的人。

好可憐，人類永遠會把你當成異類，冷落你。

「我……我……」

晴明頭暈目眩。

他早料到會被排擠，所以一開始就沒敞開過胸懷。

至於是不是被冷落了呢？應該是吧，想當然耳。

他只是別開了視線，假裝不知道。

這麼做，心靈就不會受到不必要的折磨。

收為式神的神將們也一樣，純粹就是式神。與十二神將之間的關係，不可能更好或更壞。

他們也有一顆心吧？所以更要保持距離。身為式神的主人，就該這麼做。

好可憐、好可憐。流著異形之血的你，永遠會這樣孤獨地活下去，沒有人需要你。

自己的聲音在耳邊響起。

是的，永遠沒有人需要你，所有人都只是利用你而已。

除此之外，誰也不會靠近你。

那個人說會回來，只是當下的敷衍搪塞而已。誰會不顧生命危險，願意再回來妖怪這裡呢？

相信他又能怎麼樣？原本就沒有值得相信的人啊。

因為自己是狐狸之子、是流著異形之血的變形怪與人類之間的孩子——

——不可能……

「……」

意識不清的大腦，突然響起一個微弱的聲音。

晴明顫動快闔上的眼皮，對準視線焦點。

——你不可能不是人類，因為……

啊，是什麼時候聽見了那個聲音、聽見了那句話呢？

明明不是很遙遠的事，為什麼覺得很懷念呢？

在晴明的胸口深處、在凍結的心靈最深處，亮起了小小的光芒。

這個花香會蔓延到京城，讓所有人沉沉入睡，再吸光他們的精氣。

蔓延到「有她在」的京城。

「她」會被困在沉睡中，落入妖怪的魔掌。

就在心臟怦怦狂跳起來的同時，吶喊聲在耳邊響起。

——在那之前，你要撐下去，晴明！

用扇子遮住臉的女人，嘻嘻竊笑著。

『他不會回來了，特地回來送死，就太愚蠢了。』

是這樣嗎？真的是這樣嗎？

晴明認識岦齋很久了，但是，岦齋還是有很多他不知道的事。就像他不讓人看見那般，岦齋也有不讓他看見的一張臉。

但是，岦齋說的話、注入裡面的言靈，曾經有過虛假嗎？

晴明是陰陽師，是操縱言靈的人。他比誰都清楚，在語言上撒謊，也掩飾不了言靈的虛假。

岦齋說他會回來，他的言靈沒有虛假。

所以，岦齋一定會回來。
「不……」
妖木化身目不轉睛地盯著低聲沉吟的晴明的臉。
『你該死心了吧？』
「不……岦齋……會回來……」
女人疑惑地揚起嘴角，晴明用力擠出聲音說：
「他一定會回來……回來擊敗妳！」
浮現女人臉上的疑惑，明顯轉成了不快。
她伸出白皙的手指撫摸晴明的臉。
『枉費我想放你一條生路，既然你這麼說，我最好是封了你這張嘴。』
從臉滑到脖子的手指，掐進了晴明的皮膚。
「唔……」
晴明痛到臉部扭曲變形，女人躲在扇子後面開心地看著他。
靠自己的力量無法逃脫這樣的困境，岦齋又還沒回來。
該怎麼辦呢？
怎麼辦才好呢？
心臟跳得好快。

臉上瞬間沒了血色。血液唰地往下降。耳底響起血流的聲音。視野被染成一團漆黑。

很像貧血的症狀，這樣下去支撐不了多久。

「唔……」

剎那間，他似乎在黑漫漫的大腦裡看到了鮮豔的紅蓮。

◆　◆　◆

東方天際轉為紫色。

臉色發白的天后差點大叫出來時，突然一陣強風降落。

「太陰！」

聽到哭哭啼啼叫喚自己名字的聲音，外表是小孩子的神將慌忙大叫：

「岦齋，沒時間了！」

被太陰粗暴的風轉得頭昏腦脹的岦齋，跌坐在地上站不起來，被現身的六合攙扶起來。

「不、不好意思。」

岦齋搖搖晃晃地站起來，打開緊緊抱在懷裡的木盒子。

裡面裝著一面鏡子。

「太好了，沒破。」岦齋抓起鏡子，扔掉木盒，大叫：「照魔鏡，照出妖怪的身影！」

直徑約半尺的鏡面帶著光澤。

神將們驚訝地屏住了氣息。被樹根攫住的晴明，與勒住晴明脖子的女人，都清晰地映在岦齋高高舉起的鏡子裡。

鏡子的前面什麼也沒有，但那裡就是被結界扭曲的空間。

六合的銀槍一揮，空間便出現了光的裂縫。

從那裡溢出了濃烈的花香。

「晴明！」

照魔鏡的亮光射入裂縫，空間響起龜裂的聲音破碎了。

出現了剛才不存在的巨木，樹底下有被囚禁的晴明和一個女人。

在層層交疊的叫聲中，晴明大大往後仰。

女人勒住他脖子的手指掐得更深了。

「晴明大人！」

天后慘叫一聲，從全身迸射出通天力量。環繞著她出現的水柱襲向了女人，把女人狠狠地彈飛出去。

女人化為無數的花瓣散落一地。

岦齋全身虛脫，單膝著地跪下來，再也站不起來了。

「晴明……！」

那個聲音清清楚楚地傳入了晴明的耳裡，就是說「我會回來」的聲音。

妖木哆嗦顫抖。憤怒的波動逐漸擴大。窸窸窣窣顫動的所有樹枝開始變粗變長，散落的花瓣如活生生的東西飛向神將們。

把累積至今的人類精氣一舉轉為妖力的妖木，就要變成另一個模樣了。

嘶吼般的巨響震動了空氣，地面波動起伏，竄出了幾百條樹根。

被數不清的樹根纏住的晴明，瞬間不見了蹤影。

青龍以神氣炸碎如觸手般襲來的樹根，奔向了主人。樹根又鋪天蓋地席捲而來，阻擋了他的去路。

「讓開！」

青龍高聲怒吼，拔起樹根，以通天力量將樹根捏得粉碎。

天后和太陰也被刀片般的花瓣阻擋，寸步難行。

岦齋連保護自己的力氣都沒有了。六合一面當他的盾牌，一面揮舞銀槍砍斷襲來的樹根。

保護眼睛以免被花瓣攻擊的岦齋，抱著照魔鏡抬起頭，看到了一個畫面。

晴明的身影被無數的樹根吞噬了。

「晴明……晴明——！」

妖木發出的咆哮聲中，夾雜著岦齋的叫聲。

就在這一剎那。

「……」

從無數樹根的深處，迸出了聲嘶力竭的言靈。

「……紅蓮……！」

所有人都屏住了氣息。

瞬間。

灼熱的鬥氣出現了。

那個預言將會成真。

件的預言一定會靈驗。

5

◇◇◇

安倍晴明緩緩張開眼睛。

鴉雀無聲。

眼睛漸漸習慣了烏漆抹黑的黑暗。

「是夢……」

喃喃自語的晴明，一開口就感覺火辣辣的疼痛，皺起了眉頭。

他深呼吸強忍疼痛，以緩慢的動作抬起右手，掩住了眼睛。

作了好幾年前的夢。

晴明知道為什麼會作這個夢。

當時，他搭著青龍的肩膀，走向拿著照魔鏡癱坐在地上不能動的岦齋，追問他——

為什麼明知有危險還要回來？

豈齋露出難以形容的表情，思考著該怎麼回答。半晌後，斷念似地閉上眼睛，深深嘆了一口氣。

——不是有件的預言嗎？

一定會靈驗的預言。

但是，剛才被我打破了。

聽不懂豈齋在說什麼的晴明，在他前面跪坐下來。豈齋一副快哭出來的樣子，笑著說起了往事。

我出生的那天晚上，家鄉出現了件。件看著我，宣告了預言。

長老在我離開家鄉時對我說：

『豈齋，你絕對不可以結交好朋友。你還記得件嗎？在你出生的那天晚上，這個村子裡出現了那個妖怪。件的預言都會成真。記住了，豈齋，你絕對、絕對不能有好朋友。』

到底是怎麼樣的預言呢？

豈齋告訴了滿臉困惑的晴明。

——預言是說，你……

『你將會背叛你的好朋友，然後死於非人之手——』

好友的聲音在耳底響起，晴明心如刀割。

那時候，岦齋笑了。

——但是我回來了。

沒有被狡詐地慫恿自己的聲音說服。

——也沒有被妖木殺死。

用照魔鏡找出了晴明與妖木的所在位置。

——其實，我一直……很害怕。但是，我沒有輸。我戰勝了件的預言。

岦齋違背「不可以結交好朋友」的長老的囑咐，有了晴明這個好朋友。

不管晴明怎麼想，岦齋就是把晴明當成了朋友。

他的言靈沒有虛假。

所以，晴明也漸漸覺得或許可以相信他。

相信誇耀地笑著說自己沒輸給件的他的心。

然而，

件的預言一定會靈驗。

晴明屏住了呼吸。

當時，信任的好朋友背叛了晴明。

然後，被非人的十二神將騰蛇殺死了。

預言沒有被顛覆。

妖木被灼熱的業火覆蓋，樹枝不停顫抖，做最後的垂死掙扎。

岦齋注視著火焰，漫不經心地說：

『我說，晴明啊，很久以後，我會在兒女、孫子的包圍下死去，死前我會告訴他們，我竭盡所能地過完了一生，想做的事都做到了，很滿足了。』

所以，晴明，你也要被很多的孩子、孫子包圍，選擇可以向人炫耀的生存方式，度過令人羨慕的幸福人生。

然後，等終命之日到來，渡過河川去了冥府，我們再來比較誰比較幸福。

晴明木然地回答「還很久呢」，岦齋挺起胸膛說：

『我有自信絕對不會輸。你看著吧，我會活得像怪物那麼長。』

6

◇　◇　◇

晴明坐在面向庭院的外廊，滿臉倦怠地長聲嘆息。

自己年將八十了，已經深深刻印著皺紋的臉，現在一定滲著濃濃的倦色。

剛才彰子來過。

她擔心一身黑衣前往出雲的昌浩，聽完老人的話，才安心地回房睡覺。

今晚是初一。

晴明仰望沒有月亮的星空，瞇起了眼睛。

這次也阻止了智鋪的野心。雖然有些犧牲，但總算保住了這個人世。

想著這些事好一會的晴明，察覺背後有道神氣降落。他不用回頭看，也知道是誰。

「我想起了以前的事……」

「以前？」

火爆的口氣，直到現在都沒變。

晴明閉上了眼睛。

那個時候，與岦齋經常有機會交談的神將中，包括這個青龍在內。

雖是春天，風吹起來還是會冷。

青龍臭著臉說：

「夜風對身體不好，快點睡覺。」

「啊，對喔。」

晴明瞥一眼西邊天空，想著留在出雲的孫子和神將們。

那孩子今後會吃盡苦頭吧？

自己其實很想馬上飛過去陪他，但是，自己去了，紅蓮就一定不會對昌浩敞開胸懷。

挽回紅蓮的代價，就是昌浩失去了很重要的東西。

但是，那孩子必須克服這個難關。

這是那孩子自己的選擇。

晴明都知道，但還是替他難過、心疼他，為他痛徹心扉。

年輕的時候，想都沒想過自己會擁有如此深愛的家人。

「晴明。」

在口氣越來越差的青龍的催促下，晴明站起身來。

青龍看見他站起來就隱形了，氣息也消失了。
晴明嘆口氣，正要踏入室內時，忽然停下了腳步。
他遙望西邊天空。
遙望夜幕低垂的那片天空的彼端。
思念的臉龐閃過腦海。

——我說啊，晴明……
等終命之日到來，渡過河川去了冥府……

當時怎麼想得到，
那竟然會成為如此難忘的一句話——

「……」
胸口陣陣疼痛。
晴明現在正過著他所說的生存方式。
沒有他，就沒有現在的自己。
雖不是替代他，但以結果來看，或許可以說是替代了他。

老人無比落寞地輕聲低喃。

「對不起……岦齋。」

看來，我暫時還去不了那個世界。

◇　◇　◇

件的預言不會不靈驗。

那個預言一定會成真。

早已注定，那天他會背叛好朋友，最後死於非人之手。

即便如此，他依然相信。

『我有自信絕對不會輸。你看著吧，我會活得像怪物那麼長。』

他說我戰勝了預言，沒有被擊倒。

在生命結束之前，他都如此深信不移。

在狹縫間看見夢的軌跡

「嘿咻。」
昌浩抱著十幾本線裝書走向書庫。
白色小怪登登登地走在他腳下，替抱著書而看不見前方的昌浩看路。
「喲，弟弟。」
聽到從書前面傳來的熟悉聲音，昌浩停下了腳步。
「哥哥？」
偏頭一看，是大哥成親與二哥昌親正站著說話。
「你很辛苦呢，昌浩。」
昌親伸出手，拿走了三分之一的書。
「這些書要搬去哪？」
「哇，不用了，哥哥，這是我的工作。」
「不用客氣。」成親拿走昌浩手中剩下的書的一半，抿嘴一笑說：「而且，這麼做可以提昇形象，讓人覺得我是個關心小弟的溫柔大哥，嘿嘿嘿。」
直立在三兄弟腳下的小怪，靈活地移動前腳，擺出按著額頭的動作。
「溫柔大哥不會那樣笑吧？」
「哦，是嗎？我這麼關心弟弟，不要說那種會讓人產生誤解的話嘛，騰蛇。喂，昌親，你不覺得嗎？」

被扯進來的昌親，苦笑著聳聳肩。

「不知道，很難說呢，我想以後再來查證這件事。」

成親拉下臉說：

「可惡，你還真會逃呢。」

大哥與二哥一搭一唱，就像事先排演過那麼輕快。

昌浩不由得竊笑，笑到肩膀顫動。

儘管說話如此輕浮，但在緊要關頭時，一個是比誰都可靠的大哥，一個是會幫他絕妙助長聲勢的二哥。

昌浩覺得有這兩個哥哥實在太好了，不過，平時很少想到這種事。

每當陷入自己無法解決的狀況，他們就會很自然地伸出援手。

「站在這裡說話，會拖延昌浩的工作，快移動你們的腳。」

被小怪這麼一催促，成親與昌親互看一眼，回了一句：「對哦。」

看著跨出腳步的三個人，不禁咳聲嘆氣的小怪，忽然察覺一股視線，扭過頭看。

藤原敏次站在陰陽部的出入口。

小怪心想他是不是又要來說教了，馬上擺出備戰姿態，但看到他的表情，訝異地皺起了眉頭。

敏次有點落寞地注視著愉快交談的安倍家三兄弟，那個眼神好像看著什麼耀眼的東西。

小怪晃動耳朵。

敏次有個哥哥，很早以前就過世了。他幾乎不提這件事，所以幾乎沒有人知道他們是怎麼樣的兄弟。

小怪啪唏甩一下尾巴，追上昌浩他們。

敏次與他的哥哥，年紀相差很遠，就像昌親與昌浩之間的年齡差距。

為什麼小怪知道這種事？因為種種偶然和種種原因，它知道了敏次的哥哥的死因。

在小怪的認知中，敏次是不懷好意的存在。但是，他們兩兄弟的事，也未免太悲慘、太可憐了。

小怪也不是沒有這樣想過。

昌浩若是聽到它這個想法，一定會說：「你雖然繞了個大圈子，但結論還是覺得他們很可憐嘛。」但小怪本身並不認為自己有多同情他們。

登登登走路的小怪，耳朵抖動了一下。

「嗯……？」

颳起一陣風的同時，產生了耳鳴，然後漸漸消失。

小怪眨眨眼睛，用夕陽色的眼眸望著天空。一般人看不見的時空歪斜，在沒有雲的天空瞬間浮現又消失了。

「是界與界之間的縫隙敞開了嗎？」

偶爾會發生這種事。

有時會有人不小心走進去，大多被當成了神隱事件。

啊，對了，車之輔也曾經誤入界之狹縫，下落不明。

小怪想起當時還有種劃錯重點的感動——原來妖怪也會被神隱啊。

它甩甩尾巴，偏頭思索。

今天還真是奇妙的一天呢。

東想西想，想起了種種前後不相關的事。

安倍家三兄弟的感情總是那麼好。

藤原敏次甩甩頭轉過身去。

有事走出陰陽寮，就看到昌浩他們站在渡殿一隅交談。

那也沒怎麼樣，他卻無意識地停下了腳步，直盯著他們看。

他自知這是幼稚的感傷，卻無法不羨慕安倍昌浩，也明白這麼做毫無意義。

他回到陰陽部的座位，又繼續做自己的工作。

他做事有技巧，只要全神貫注地做，轉眼就做完了。

沒事做就會胡思亂想，所以，他請寮的陰陽師把工作分給他，但那些工作也做完了，所以他連天文部的雜事都接下來做，總之就是埋首於工作。

即便工作結束的鐘聲響起，到了回家的時間，他也還在找工作做，所以陰陽博士安倍吉平對他說：「夠了，你該回家了。」

理由是不管發生了什麼事，逼著自己拚命工作都不太好。

因此不得不回家的敏次長聲嘆息。

「我竟然會這麼沒用。」

昌浩跟哥哥們在一起，是屢見不鮮的事了，今天卻特別攪亂他的心。

他知道原因。

「是因為作了夢……」

天亮前作了夢。

他停下來，望向逐漸轉為黑夜的暮色天空。

死者會渡過河川前往冥府。

直到不久前，他才知道原以為已經渡過河川的哥哥，還沒渡過河川。

哥哥由於某些原因，沒有踏上旅程，是敏次親手把他送去了那個世界。

他夢見哥哥走來走去到處徘徊，顯得惶然失措。

東張西望的哥哥，似乎看到了什麼，停下來轉向了自己這邊。

他正要叫哥哥時，夢就結束了。在黑暗中，他朦朦朧朧地看見了自己伸向天花板橫梁的手的輪廓。

起初，他不知道那是夢，因為夢中的光景太過清晰。

說不定哥哥的死亡、以及送走哥哥才是夢。

會不會只是作了一個很長、很長的夢呢？他這麼想，差點去了哥哥的房間。

但他知道不是那樣，也知道哥哥生前住的房間，現在是只放著一些行李的空房間。

在夢裡，哥哥是在做什麼呢？好像是在找什麼東西。

今晚睡覺會不會再夢見後續呢？

「睡前唸個夢的咒文吧。」

喃喃自語的敏次，突然覺得耳鳴，皺了皺眉頭。

尖銳地直直刺進耳膜的高音占據了聽覺，再也聽不見其他聲音。

那是紅色的聲音。

聲音原本沒有顏色。

但那個聲音只能用紅色來形容，視野逐漸浮現紅色光芒。

然後，視野突然歪七扭八地變了形。

◇　◇　◇

頭痛欲裂。

敏次按著太陽穴，表情痛苦，低聲呻吟。

「唔……」

好想吐。即使閉上眼睛，整個世界還是在晃動，空氣彷彿被壓縮了。

他翻身轉向側面，靠手肘撐起了身體。

頭暈腦脹。他靜止不動，熬過一波的暈眩。

壓抑想吐的感覺，靜靜待了一會兒後，狀況就漸漸好轉了。

他張開眼睛，怔怔地環視周遭。

「這裡是……？」

自己應該是身在從皇宮回家的熟悉道路上，卻變成身在眼前朦朧昏暗、什麼也沒有的地方，靠手肘撐著身子。

沒暗到完全看不見，但也沒亮到可以看清楚遠方。是個奇怪的地方。

他按著膝蓋站起來，連眨好幾次眼睛，四處張望。

這時候，又輕輕響起了那個刺耳的耳鳴聲。

扎刺耳膜的聲音，微弱地持續著。

他按住左耳，瞇起眼睛，低聲嘟囔。

「到底怎麼回事……」

才嘟囔完，就看到一個小小的身影，從他旁邊一溜煙跑過去。

「唔哇？」

是個沒有盤髮髻的小男孩。髮尾如尾巴般的高高彈起，穿著草鞋與水干狩衣的小小身影，手上緊抓著什麼揚長而去。

敏次不由得伸出手來叫住那個小孩。

「啊……等一下。」

宛如肩膀被拉住般停下腳步的小孩，扭頭往後看。

敏次看到他的臉，倒抽了一口氣。

「……」

是個看起來聰明伶俐的小男孩，年紀大約七、八歲。他詫異地眨著眼睛，仰頭望著敏次。

張大眼睛的敏次，張口結舌地注視著那個小孩。

仰望敏次好一會兒的小孩，疑惑地偏著頭問：

「有什麼事嗎？」

聽到他高八度、活潑清晰的語調，敏次才驚訝地回過神來。

「啊……呃，那個……」

「怎麼了？」

看到敏次支支吾吾的樣子，小孩似乎察覺到什麼，把整個身體轉向了他。

敏次好不容易才開口回答。

「請問……這是哪裡……我好像……迷路了……」

雖然嘴巴這麼說，但敏次知道並不是迷了路。

「那麼，您一定很煩惱。如果是我知道的地方，就可以帶您去。」

小男孩恭恭敬敬地這麼說，敏次尷尬地笑了起來。

「那、那太好了……不好意思。」

「哪裡，有困難的時候就該互相幫忙。」

說得沒錯。

敏次從小就被教導，幫助他人不只是為了他人。

給人的幫助，會繞個圈子再回到自己身上。

幫助他人是為了將來的自己，而不是為了他人。

「那麼，您是要去哪裡呢？希望是我知道的地方……」

看到小孩擔心的樣子，敏次一時說不出話來。

「這裡是……京城的哪一帶呢？」
「我家就在這附近……呃，再往前走一點就是坊城路。」
指著那個方向的手，握著白色的東西。
「那是什麼？」
敏次一問，小孩就把手上的東西拿給他看。
「是守袋，我在附近的寺廟求來的。我向神祈禱，然後……」
開心說著話的小孩，說到一半突然低下了頭。
「對不起，我不該對不認識的人說這件事。」
「啊，沒關係……你對神祈求了什麼？」
「咦？」
「啊，其實……我是陰陽生，每天都在陰陽寮學習……」
聽到這句話，小孩的眼睛亮了起來。
「啊，你是陰陽寮的人？好巧，我正在考慮將來要不要進陰陽寮。」
敏次「嗯」一聲，點點頭。他早就知道了。
「請問，不麻煩的話，可以告訴我一些那方面的事嗎？想進陰陽寮，是不是要有特別的才能或家世之類的資格？」
小孩滔滔不絕地發問，敏次叫他邊走邊聊，自己邊思索措詞邊回答他。

有才能當然好，但沒有也沒辦法，最重要的是努力不懈。家世倒是沒那麼重要，技能比血脈、家世都重要。

這是敏次進陰陽寮後，再三思考得到的結論。

身為藤原家族的敏次，可以說根本沒有當陰陽師的才能。

他不知道想過幾次，比起為陰陽道而生的安倍家族、賀茂家族的人，自己再怎麼拚死拚活地努力，都只是無謂的掙扎。

儘管如此，他還是不氣餒、不放棄，勤奮地努力到現在，就是想求證。

求證真的有神嗎？

求證神會實現人的願望嗎？

這是敏次埋藏在心底的真心話，從來沒有對任何人說過。

走在昏暗的道路上，敏次對小男孩說：

「你就以陰陽寮為目標吧。這條路崎嶇難行，有時會難過、痛苦到不知如何是好。也會有覺得不合理、懊惱到不能成眠的日子。」

小孩子不安地抬頭看著敏次。

敏次堅定地看著他的眼睛，斬釘截鐵地說：

「但是，有一天，你會發現那些都成了你的寶物，你會很高興自己的選擇沒有錯。」

「陰陽生大哥，您看起來跟我哥哥差不多年紀呢。」

小男孩慌忙做補充說明。

「我有個哥哥，跟我相差十歲。他是內藏寮的官吏，我看他那麼忙，很擔心他的身體……」

敏次默默點著頭。這件事他也知道。

「所以，老實說……我在想什麼工作能幫上哥哥的忙，然後就想到在陰陽寮學會種種技能，說不定能派上用場。」

敏次沒辦法回答他「能派上用場」。

儘管他深切明白，小男孩跟他說這件事，是希望可以聽到他說「能幫上哥哥的忙」之類的話。

「──」

他實在說不出口。

只能說其他的話。

「我想……一定會對什麼人有幫助吧。」

小孩直視著敏次。

「我認為，身為陰陽師，必須取得對任何人都有幫助的力量，而不是只對某個人有幫助。」

敏次做個深呼吸，抬頭望著有些迷濛昏暗的天空。
「真的……有神。」
「啊……？」
小孩聽出敏次的聲音在顫抖，眨了眨眼睛，點點頭。
敏次望著天空，又重複了剛才的話。
「真的有神。發生什麼事時，如果你只盯著那件事看，或許會覺得神沒有實現你的願望，其實不是那樣。在遙遠的未來，當你某天回顧過往時，就會知道神確實實現了你的願望。」
敏次閉上眼睛，停下腳步。
「所以，朝陰陽寮的目標前進吧。然後，你要相信，神會實現你的願望。」
他低頭看著位置在很下面的那雙眼睛，微微一笑。
「謝謝你，陪我走到這裡就行了。」
「咦，可是……」
敏次搖搖頭，對猶豫的小男孩說：
「到這裡我就會自己走了。」
然後，他用力擠出聲音說：
「替我……問候……你哥哥……康史大人……」

小男孩張大了眼睛。

「您認識我哥哥？啊，我太失禮了，居然沒有自我介紹……呃，我是康史的弟弟，名叫敏……」

「不用說了，我知道。」

「咦……？是嗎？呃，那麼，您請慢走。」

小男孩深深低頭致意後，趴躂趴躂地跑掉了。

敏次看著他離開時，又開始耳鳴了。

刺耳的紅色聲音震響。

忽然，小男孩停下腳步，回過頭來。

「對了，陰陽生大哥，請問……您貴姓……大名……」

小男孩的身影逐漸消失在黑暗中。直到最後，敏次都清楚看見握在那雙小手裡的白色守袋。

耳鳴靜止了。周遭一片朦朧的黑暗，定睛細看前後左右，再怎麼看都看不到任何東西。

敏次嘆了一口氣。

「這裡到底是……」

突然有個聲音從腳下傳來。

『這裡是界與界之間的狹縫。』

「哇?!」

仔細一看，腳下不知何時出現了一隻白色烏龜。

烏龜直直伸長脖子，仰頭看著敏次。

『被稱為境界狹縫。各個世界偶爾會產生交集，如果有人正好待在那裡，就有可能誤入狹縫。』

烏龜微微一笑。

『就像現在的你這樣。』

然後，烏龜徐徐轉過身去。

『你誤入的地方，就是某人走來走去到處尋找的夢的軌跡。』

「某……人？」

『那個人剛才已經平安去了該去的地方。』

在今天早上的夢裡四處徘徊的哥哥的身影，閃過敏次的腦海。

「他怎麼會迷路……」

烏龜轉過頭來，隔著龜殼望向敏次，瞇起了眼睛。

『快到境界河川的岸邊時，他突然想起還沒履行的約定，心就留在這裡了。』

「約定……」

敏次腦中閃過一個臆測。

心想不會吧？

『他想起跟弟弟約好去釣魚。』

「……」

敏次的眼眸閃爍著淚光。

『他強烈希望在很久以後的某一天，可以再投胎轉世為兄弟。』

烏龜眨眨眼，偏起了頭。

『因為迷了路，不能渡過河川，必須改成從門進去，所以被負責裁定的官吏痛罵了一頓。』

烏龜又眨了眨眼睛。

『不過呢，你哥哥已經平安到達那裡了，請放心。』

淡淡一笑的烏龜，扭頭催促敏次前進。

『成為陰陽師後，心就會招來狹縫之門。我以前侍奉的少爺常說，陰陽師作的夢，既是夢也不是夢。』

然後，烏龜平靜地提出了要求。

『接下來要靠名字才能通過，請說出你的名字。』

繼續往前走的烏龜，等了半天都沒等到回應，訝異地偏頭望向敏次。

對敏次投以觀察視線的烏龜，發現敏次正以懷疑的眼神看著自己，眨了一下水靈的大眼睛。

『啊，失禮了。成為陰陽師的人，會比任何人都明白名字的重要性。』

充滿戒心的敏次默然點頭。

在這種莫名其妙的地方，被要求說出名字，哪有陰陽師會不假思索地說出來呢？

『我叫千歲，以前是聞名遐邇的大陰陽師安倍晴明的孩子吉昌大人的式，隨侍在吉昌大人身旁。』

烏龜這句話出人意料之外，敏次倒吸了一口氣。

「咦！你是吉昌大人的……?!」

『是的，因為某種緣故，目前待在這個境界狹縫，負責把誤入這裡的人帶出去。』

敏次萬萬沒想到會從烏龜口中聽到那個名字，大為驚訝。

「是誰……交代你這麼做……」

賦予烏龜這個使命的人是誰呢？

這裡叫境界狹縫，是各個世界產生交集的奇特地方。

『最好不要問……不聽、不知道，就不必負任何責任。』

烏龜說得迂迴婉轉。

但敏次聽出這句話背後隱藏著莫可名狀的深意，便乖乖聽從了烏龜的話。

「這樣啊……那麼，烏龜大人，您說您叫千歲？我叫藤原敏次，請問怎麼樣才能回到原來的世界呢？」

敏次報上了名字，烏龜莞爾一笑。

『那麼，敏次大人，請跟著千歲走吧，千歲會帶你回去。』

烏龜慢慢地、慢慢地踏出了步伐。敏次也配合它的速度，慢慢地、慢慢地跟在後面。

雖然在朦朧幽暗的境界狹縫裡，卻沒有走不穩的感覺。

有烏龜陪伴，所以也不覺得不安。

可以聽著小小的腳步聲，心情平靜地往前走。

不知道這樣走了多久。

烏龜突然停下來，抬起頭環視周遭。

敏次不由得跟著它那麼做，看到遠處有閃閃發亮的東西。

在朦朧幽暗的遠處。

看著看著，那個東西就漸漸擴大了。半晌後才看出來，那是和煦的光線照耀的水岸。

敏次呆呆望著水岸，烏龜沉著地告訴他：

『這裡是你哥哥留下來的臨死前所作的夢的軌跡。』

水面上有魚啪吵啪吵跳躍。

瞄準那裡拋過去的魚鉤，反射光線，啵鏘一聲沉入水裡。

循著釣線望過去，就看到一個小孩坐在岩石上盯著水面，還有一個大約年長十歲的少年手握著釣竿。

少年從懷裡拿出一個白色的東西。

小孩看到那個東西，開心地笑了。

魚在水面跳躍，閃閃發亮的魚鱗，與水面反射的陽光融為一體。

「……」

張口結舌的敏次，聽見烏龜沉穩的聲音。

『在狹縫所作的夢，既是夢也不是夢。當成現實就會成為現實，總有一天會成真。』

會成真。

夢。

總有一天，

會成真——

「——」

敏次眼睛眨也不眨地注視著那個畫面。

希望可以永遠、永遠地記住。

希望可以深深烙印在眼底、在心底深處。

潺潺水聲與愉悅笑聲迴盪。

魚躍水面，濺起些許水花。

不論少年或小孩。

看起來都好開心、好幸福。

都在笑——

「……」

忽然。

烏龜聽見水滴啪噠掉落的聲響。

烏龜閉上眼睛，微微一笑。

離得這麼遠，水花竟然濺到了這裡。

烏龜這麼想，默默聽著水滴掉落的聲音。

◇　◇　◇

強烈的耳鳴扎刺著耳膜。

「——……！」

身體被用力搖晃，接著聽見了叫喚聲。

「……敏……次……大……人……！」

因為頭痛欲裂、噁心想吐，而把臉皺成了一團的敏次，勉強撐開了眼皮。

「敏次大人，太好了！」

盯著他看的，是昌浩的那張臉，後面還有安倍成親和昌親。

敏次茫然地嘟囔：

「昌……浩……大人……？」

昌浩喘口大氣，雙手虛脫地抵在地上。

「你在這裡昏倒，我還以為……」

在成親的攙扶下，敏次吃力地爬起來。

「昏倒？」

「是啊，你還好吧？」

敏次環視周遭，看到夕陽餘暉中，是自己熟悉的道路風景。

「是夢……」

昌親以擔心的眼神看著喃喃低語的敏次。忽然，他眨個眼睛，四處張望。

響起了微弱的耳鳴聲。

「啊……某處有門敞開了。」昌親邊環視周遭邊說：「有時境界重疊，就會有人誤入狹縫。以前我聽父親說過，他也曾誤入狹縫。」

「吉昌大人……？」敏次忽然想起什麼，戰戰兢兢地問：「呃……可以冒昧請教一件事嗎？」

三雙眼睛都轉向了敏次。

「吉昌大人以前有一隻烏龜嗎？」

昌浩張大了眼睛。

「敏次大人，你連這種事都知道？我聽說我父親小的時候，有一隻白色的烏龜。」

聽到昌浩的回答，敏次屏住了呼吸。

那麼，那不是夢——

「……」

坐在昌浩肩上的小怪，兩眼發直，用後腳抓著脖子一帶。

昌浩邊斜眼看著它，邊對敏次說：

「我送你到中途吧？」

「不用……我應該沒事，謝謝你的關心。」

敏次對昌浩的關切表示感謝，就告別三兄弟回家了。

快到坊城路時，他停下了腳步。

那裡是在境界狹縫時與小孩子分手的地方，他駐足仰望天空。

敏次一直很羨慕昌浩。

真的、真的很羨慕昌浩有兩個哥哥，可以擺出弟弟的表情。

然而，他根本沒有必要那麼想。

只要閉上眼睛，就會清晰浮現。

陽光、閃閃發亮的魚鱗、笑聲。

在境界的狹縫，哥哥為他留下了——

夢的軌跡。

後記

這是繼上個月之後的番外短篇集。

〈就是想那麼做〉

這是昌浩從誕生到現在的故事。在成親他們快到家前，不哭的嬰兒看著最強鬥將笑了。難得太裳也出場了。

〈那天，剪髮時〉

這是描寫彰子與異母姊妹交換身分，來到安倍家時的故事。到目前為止，幾乎沒寫過彰子當時的感覺、想法。

〈這雙手與手指〉

這是與「幽幽玄情」成對的故事。或許，玄武和汐還有重逢的一天？

〈是約定抑或詭辯〉

這是篤子在〈尸櫻篇〉第二集，回想「以前夢見懷第四個孩子～」時的故事。成親有幾個不可以碰觸的地雷，這是最嚴重的一個。甚至到「斷絕最珍愛的東西，就能放大靈力」的程度，可見相當嚴重（笑）。

〈終命之日〉

這是很久以前寫的故事，所以，配合主體故事做了增修。

寫的是晴明的人生。他仿照那天岦齋說的願望活下來，不覺中就變成了自己的人生。希望有那麼一天，也可以寫晴明決定這麼做時的故事。

〈在狹縫間看見夢的軌跡〉

要從這篇或〈終命之日〉那篇來取書名，我煩惱了很久。關於白龜千歲，在《櫻畫集 少年陰陽師》（電子書版上線中）收錄的短篇中出現過。那個男人應該在某處監視著千歲和敏次吧？希望以後還能讓千歲出場。

還沒收入文庫本的短篇，還有很多很多，我自己都沒想到寫了這麼多。

這次收錄之際，重讀暌違許久的故事，看到書中人物當時是那個樣子，現在竟然長這麼大了，不禁感慨萬千。

下一集將再展開主體故事，邁入《少年陰陽師》第十篇。我會把完全攤開的包袱布巾，再小心謹慎地摺回來。攤到多大就要花多少時間摺回來，所以請大家陪著我一起走下去。

那麼，下一本書再見了。

結城光流

國家圖書館出版品預行編目資料

少年陰陽師．肆拾玖，終命之日 / 結城光流著；涂愫芸譯．-- 初版．-- 臺北市：皇冠，2017.10
　面；　公分．--（皇冠叢書；第 4658 種）（少年陰陽師；49）
譯自：少年陰陽師．49, いつか命の終わる日が
ISBN 978-957-33-3339-5（平裝）

861.57　　　　　　　106016459

皇冠叢書第 4658 種

少年陰陽師 49

少年陰陽師——
終命之日

少年陰陽師 49
いつか命の終わる日が

作　　者—結城光流
譯　　者—涂愫芸
發 行 人—平雲
出版發行—皇冠文化出版有限公司
台北市敦化北路 120 巷 50 號
電話◎ 02-27168888
郵撥帳號◎ 15261516 號
皇冠出版社（香港）有限公司
香港上環文咸東街 50 號寶恒商業中心
23 樓 2301-3 室
電話◎ 2529-1778　傳真◎ 2527-0904
總 編 輯—龔橞甄
責任主編—許婷婷
責任編輯—陳怡蓁
美術設計—嚴昱琳
著作完成日期— 2016 年
初版一刷日期— 2017 年 10 月

法律顧問—王惠光律師
有著作權 · 翻印必究
如有破損或裝訂錯誤，請寄回本社更換
讀者服務傳真專線◎ 02-27150507
電腦編號◎ 501049
ISBN ◎ 978-957-33-3339-5
Printed in Taiwan
本書特價◎新台幣 199 元 / 港幣 67 元